Sandra Lina Jakob & Robert S. Plaul (Hrsg.)

Aqua obscura

Carpathia Verlag

Erstausgabe
1. Auflage 2025

Covergestaltung: Sandra Lina Jakob (unter Verwendung eines KI-generierten Bildes)
Illustrationen im Buch: Adrian van Schwamen
Gesetzt aus der Utopia und der Rivina
Druck und Bindung: Partner Poligrafia Andrzej Kardasz, Białystok
Printed in Poland

ISBN 978-3-98630-035-7

Carpathia Verlag GmbH
Mittenwalder Str. 17
10961 Berlin

info@carpathia-verlag.de

www.carpathia-verlag.de

ANTHOLOGIE

Aqua Obscura

IN DER TIEFE LAUERT DIE DUNKELHEIT

CARPATHIA VERLAG

Inhalt

Heimweg

von Olivia Meyer

Das Geräusch meiner Absätze auf den Pflastersteinen hallt eigenartig von den Hauswänden wider. Jeder meiner Schritte zerreißt die Stille der Nacht beinahe schmerzhaft. Es sind nur zehn Minuten vom Club bis zu mir nach Hause und etwa die Hälfte habe ich schon geschafft. Ich mag Nächte wie diese. Es ist ruhig, die Luft ist klar, und außer mir und den beiden Typen, die mich verfolgen, ist niemand unterwegs. Sie schleichen hinter mir her, seit ich die Party verlassen habe. Ich kann ihre Anwesenheit fühlen, auch wenn sie sich Mühe geben, unentdeckt zu bleiben.

In etwa hundert Metern werde ich in den Park abbiegen. Was die beiden wohl vorhaben? Ob sie mich dort überfallen werden?

Aufgrund des leisen Geräuschs, das ihre Turnschuhe auf dem Gehweg hinterlassen, schätze ich ihre Gangart ein. Es müssen zwei junge Männer sein. Sie bewegen sich behände und huschen von Hauseingang zu Hauseingang.

Der Zugang zum Park rückt immer näher, und mein Herz beginnt, schneller zu schlagen. Noch ein paar Schritte, dann ist es so weit. Ich bleibe stehen, atme einmal tief durch. Langsam drehe ich mich um. Sie hatten genug Zeit, sich zu verstecken. Ein unregelmäßiger Schatten verrät mir ihren Aufenthaltsort etwa fünfzehn Meter hinter mir.

Mein Herz pocht laut in meiner Brust, als ich meinen Weg fortsetze. Der Pfad im Park ist nur sehr spärlich beleuchtet und auch das Mondlicht kann die hohen Bäume kaum durchdringen.

Ich beschleunige meine Schritte, beginne fast zu rennen. Meinen Verfolgern scheint ihre Deckung nicht mehr wichtig zu sein, denn ich kann sie gut hören. Sie schleichen nicht mehr, sondern laufen ebenfalls.

Ich biege vom Weg ab und sprinte quer durch eine Baumreihe, einen kleinen Abhang hinunter. Äste von Gestrüpp knacken unter meinen Schuhen und die Dornen einiger Zweige hinterlassen kleine Schrammen auf meinen Beinen.

Vor mir liegt der kleine See. Ich durchquere noch eine Ansammlung halbhoher Büsche und befinde mich direkt am Ufer. Ein kleiner Steg führt mitten auf das Wasser. Das Holz klingt dumpf und beruhigend unter meinen Füßen.

Die beiden Männer betreten den Steg kurz nach mir. Etwas zögerlich kommen sie auf mich zu. Ich fühle ihre Freude, gepaart mit Erregung und auch Verwunderung. »Na, Kleines? Biste in eine Sackgasse gelaufen? Was kriegen wir denn, wenn wir dich nach Hause begleiten?«

Ich schätze den Typen, der gesprochen hat, auf Mitte zwanzig. Er hat schwarze Haare, blaue Augen, in denen sich das Mondlicht spiegelt, und sieht gar nicht mal unattraktiv aus. Der andere scheint im gleichen Alter zu sein, vielleicht etwas jünger. Er wirkt zurückhaltender und ich spüre bei ihm eine leichte Furcht.

»Was ihr bekommt, wenn ihr mich nach Hause begleitet?«, antworte ich spöttisch. »Wie wäre es mit einer Einladung zum Abendessen?«

Der jüngere weicht tatsächlich irritiert einen Schritt zurück.

Ich beschließe, ihm eine Chance zu geben und flüstere in seine Richtung: »Lauf.«

Und das tut er. Ohne mit der Wimper zu zucken, dreht er sich um und rennt weg. Sein

Kompagnon schaut ihm fragend hinterher, doch seine Selbstsicherheit scheint es ihm zu verbieten, ebenfalls abzuhauen.

»Schwester, bittest du unseren Gast zu Tisch?«, rufe ich in die Stille hinein.

Neben dem Steg beginnt das Wasser zu brodeln und zu schäumen. Den Schwarzhaarigen packt die nackte Angst.

»Du bist heute unser Hauptgang«, flüstere ich seinen weit aufgerissenen Augen zu, als er von dem Wesen, das aus dem Wasser über den Steg springt, mitgerissen wird.

Entspannt lasse ich mich ebenfalls in den See fallen und tauche unter in meine friedliche Welt. Ich bin zu Hause.

Der schwarze Turm

von Adrian van Schwamen

Erschöpft schmeiße ich meine Reisetasche auf das Hotelzimmerbett und zwinge mich ein paar letzte Schritte zum Fenster, um vor dem Schlafengehen zumindest einen Blick auf die Nordsee vor der Stadt zu werfen. Über den Außenbereich der Hotelbar hinweg sehe ich das orange gesprenkelte Meer unter der tiefstehenden Sonne. Ein Frachtschiff zieht gemächlich seine Bahn entlang des Horizonts. Eine Schar kreischender Möwen scheint in der steifen Brise über den Deichen zu balancieren. Zwei hafenmützige Männer an einem Tisch unter meinem Fenster spielen Schach. Eine halb leere Flasche Korn steht zwischen ihnen auf dem Tisch.

Ich öffne das Fenster. Die alten Scharniere knarzen unter dem Druck des Windes und der

Geruch von Fisch und gestrandeten Algen weht durch das Zimmer. *Egal,* denke ich und lasse mich unter der Last von vierzehn Stunden Zugreise mit etlichen Unterbrechungen und Verspätungen auf die weiche Matratze fallen. *Meine Schuhe sollte ich wohl noch ausziehen,* überlege ich, belasse es aber dabei, meine Füße über die Bettkante hängen zu lassen, bevor ich schlagartig in einen tiefen, unruhigen Schlaf falle.

Ohne zu wissen, wann ich aufgestanden bin, stehe ich wieder vor dem Fenster. Die Scheibe ist an den Rändern beschlagen. Ich atme aus, ein grauer Dunstschleier breitet sich vor mir aus und prallt gegen das schmutzige Glas. Das Meer hat sich zurückgezogen. Wellenförmige Spuren und im Wind vibrierende Pfützen zeugen von der letzten Flut. Ein fahles Grau liegt über der Hafenstadt wie eine Dämmerung, die weder Tag noch Nacht Rechenschaft schuldig ist. In weiter Ferne verschmilzt die enthüllte See mit dem wolkenverhangenen Horizont, nur unterbrochen durch ein einsames Flackern in weiter Ferne. Keine Schiffe, keine Möwen, kein Mensch zu sehen.

Ich gehe die Treppe des Hotels herunter, durch die Bar auf die Terrasse. Vor mir steht herrenlos noch immer das Schachbrett auf einem runden Tisch. Meine Hand greift nach einem Turm und schiebt ihn auf D3 – Schach Matt, Schwarz gewinnt. Ich gehe weiter, eine leere Straße entlang, vorbei an verlassenen Häusern und toten Bäumen. Eine schmale Treppe führt mich schließlich über den Deich. Nasse Fäulnis peitscht mir in die Nase, während ich den Strand überquere. Meine im nassen Sand scharf gezeichneten Fußspuren verlaufen zunehmend im Schlick, je weiter ich in das durchtränkte Watt stapfe. Hin und wieder knirschen Büschel von Braunalgen und die Panzer verwesender Krabben unter meinen Füßen. Neben mir erheben sich die zerfallenen und mit Seepocken übersäten Holzpfeiler eines Wellenbrechers, bis dieser abrupt endet und mich alleine in die finstere Weite entlässt, das einzelne Flackern weit vor mir.

Eine Ewigkeit wandere ich durch diese unwirkliche Welt. Meine Schuhe habe ich schon vor langer Zeit an den schlammigen Boden verloren. Die Küste liegt außer Sichtweite hinter mir und nur noch das einzelne Licht bietet mir Orientierung. Mit schwerfälligen Schritten schleppe ich mich über den weichen Untergrund. Nicht weit von mir bildet sich ein immer breiter werdender Strom fließenden Wassers. *Die Flut,* denke ich und weiß doch, dass ich mich irre. Hinterrücks umspült tiefschwarzes Wasser meine Beine, während sich das Licht vor mir in den Himmel erhebt. Ein mächtiger Leuchtturm aus dunklem Gestein thront über gezeitengeschliffenen Felsen. An der Spitze des Turmes erkenne ich nun das wild flackernde Richtfeuer. Ein steiler, mit rutschigen Steinen gespickter Weg führt mich an den Fuß des Turmes. Aus einer weit geöffneten Holzpforte strömt mir erbarmungslos ein willensbrechender Gestank entgegen, den ich nicht zuordnen kann. Ich setze meinen Weg dennoch fort und gehe die Treppe an der Innenseite herauf, bis ich schließlich aus der Schwärze des Turmes emporsteige und in das warme Licht des Feuers eintauche. Eine Gestalt in einem schmutzig gelben Mantel erwartet mich bereits. Unter dem Schatten einer Kapuze ist lediglich ihr eingefallenes Grinsen zu sehen.

»Hörst du das?«, sagt sie mit einer Stimme, die mein Trommelfell zu zerkratzen versucht. »Die Quelle wurde geöffnet. *Er* ist zurückgekehrt!«

Das Licht der Flamme schlägt in ein wirbelndes Blau um, leuchtet wie entfesselt auf und verschwindet unvermittelt. Von der Gestalt fehlt jede Spur. Allein stehe ich an der Spitze des Turmes, während um mich herum die schwarze See zu pulsieren beginnt. Groteske Gliedmaßen erheben sich aus den Tiefen und bringen das Wasser zum Schäumen. Ein unbändiges Rauschen hallt durch die eiskalte Luft. Über dem fernen Horizont erhebt sich ein gewaltiger Schatten und ...

Wild um mich schlagend wache ich im Hotelbett auf. Schweiß rinnt über meine Stirn. Ich setze mich auf und stelle überrascht fest, dass ich meine Schuhe vor dem Einschlafen wohl doch noch ausgezogen habe. Ich stehe auf und spüre knirschenden Sand unter meinen Füßen. Vor meinem Fenster höre ich zwei Männer laut diskutieren.

»Du stehst ja schon längst Matt!«

»Wat? Du hast doch geschummelt!«

»Lüge!«

»Da, schau her, auf D3. Dein Turm stand eben noch nicht da!«

Reichelts Garten

von Sabine Frambach

Irina spuckte den Kaugummi, der bereits keinen Geschmack mehr besaß, in ein Taschentuch und steckte den Müll in ihre Tasche. Nun stand sie lächelnd vor dieser Tür und klingelte. Es knarrte, sie sah durch die Scheibe die Umrisse eines Menschen und die Tür öffnete sich einen schmalen Spalt.

»Guten Tag, Herr Reichelt, ich komme von der Agentur. Ich bin die neue Pflegerin. Irina Janusch. Sie können ruhig Irina sagen.«

»Sie sind zu früh.«

»Ich weiß, Sie haben mich erst morgen erwartet, aber es gab eine sehr günstige Verbindung aus Polen. Ich hoffe, es macht Ihnen keine Umstände. Ich konnte Sie telefonisch nicht erreichen.«

Der Alte starrte sie an, ohne zu blinzeln. Fast klagend wiederholte er: »Sie sind zu früh. Einen ganzen Tag.«

Ihr Nacken schmerzte, sie hatte die letzte Nacht kaum geschlafen, der Spalt blieb nur ein Spalt. Irina vergaß zu lächeln. »Herr Reichelt, es war mir wirklich nicht anders möglich. Darf ich hereinkommen?«

Herr Reichelt gab wortlos die Tür frei, drehte um und ging den Flur entlang, in ein Zimmer voller alter Möbel und noch älterem Geruch. An der Wand prangten schwere Holzrahmen, gefüllt mit grünbrauner Landschaftsmalerei. Irina stellte ihren Handkoffer auf dem Teppich ab. Herr Reichelt war hinter einem Tisch stehen geblieben, die Fingerspitzen auf die Platte gelegt. Seine Augen blickten trübe.

»Herr Reichelt, ich soll mich um Ihre Frau kümmern, richtig? Bevor ich Ihre Frau kennenlerne, möchten Sie mir noch etwas über sie erzählen?«

Er nickte langsam. »Ja, das ist wohl angebracht.« Nun legte er den Kopf für einen Augenblick schief, als lauschte er, und fuhr fort, doch mit gesenkter Stimme. »An manchen Tagen wirkt sie normal, an anderen aber zeigt sie ihr wahres Gesicht. Sie ist verwirrt. Stundenlang steht sie am Fenster und starrt hinaus in den Garten. Sie sollte nicht alleine in den Garten gehen, hören Sie?«

Irina nickte eilig. »Ja, ich verstehe.«

Herr Reichelt deutete mit einem gichtigen Finger auf die Wand hinter ihr und raunte: »Diese Tür ist stets abgesperrt. Der Schlüssel hängt davor.« Er zeigte auf das Schlüsselbrett. Irina sah einen großen, rostigen Schlüssel. Im selben Augenblick dröhnte Herrn Reichelts Stimme. »Else! Else! Schau, wer hier ist, die Pflegerin! Einen Tag zu früh!«

Es dauerte; Irina hörte schlurfende Schritte, ein Knarren, dann kam die Frau herein, mit verlangsamten, winzigen Schritten, den Kopf nach vorne gebeugt, als müsste sie jeden Schritt genau überlegen. Dennoch haftete ihren Bewegungen etwas Zielgerichtetes an. Sie trat zum Fenster und starrte hinaus. Irina warf einen Blick auf Herrn Reichelt, der ihr mit wissenden Augen knapp zunickte.

»Guten Tag, Frau Reichelt«, sagte Irina etwas lauter als nötig. »Ich heiße Irina Janusch und bin die neue Pflegerin.«

Langsam drehte die Alte sich um, als benötigte sie Kraft, sich vom Fenster loszureißen. Hager wirkte sie, mit großen, leicht vorgewölbten Augen.

Herr Reichelt trat mit plötzlich flinken Schritten an Irina vorbei. »Ich trage den Koffer nach oben, dann könnt Ihr Euch etwas kennenlernen.«

Kaum hatte er den Raum verlassen, da eilte die alte Frau auf Irina zu, packte sie am Handgelenk, die Hand wie eine Klaue vorgestreckt, und zischte: »Was hat er Ihnen erzählt?«

Irina starrte auf die Finger an ihrem Handgelenk und versuchte, den Arm aus Frau Reichelts Griff zu befreien. »Nichts, Frau Reichelt, nichts Schlimmes. Er sagte nur, dass Sie gerne aus dem Fenster sehen.«

»Ha!« Die Alte ließ endlich los; ihre Arme wedelten durch die Luft. »Ich schaue aus dem Fenster, um aufzupassen! Schauen Sie selbst hinaus, kommen Sie!«

Nur zögernd folgte Irina den wedelnden Händen zum Fenster. Gehorsam sah sie durch die Scheibe.

Erwartungsvoll blickte Frau Reichelt sie an. »Was sehen Sie?«

»Einen Garten«, antwortete Irina. *Verwahrlost,* dachte sie.

»Nein, dort!« Mit einem knorrigen Finger deutete die Alte auf eine Ecke.

»Einen Teich.«

»Richtig, einen Teich.« Frau Reichelt verschränkte die Arme, nickte und murmelte: »Ich sage Ihnen, es ist gefährlich. Er sieht klein aus, aber er ist tiefer, als Sie denken. So tief.«

Plötzlich fasste sie wieder zu, beide Hände umschlossen Irinas Arm und ihre Stimme bekam einen bettelnden Klang. »Sie müssen mir helfen und aufpassen, hören Sie? Mein Mann, er ist verwirrt. Er darf nicht alleine in den Garten gehen. Ich fürchte, er könnte in den Teich stürzen!«

Irina nickte langsam. »Ich soll auf Ihren Mann aufpassen«, wiederholte sie leise. »Weil er in den Gartenteich stürzen könnte.«

»Genau.« Offenbar zufriedengestellt ließ Frau Reichelt von Irinas Arm ab. »Der Schlüssel hängt am Bord dort vorne, und dort bleibt er hängen. Niemand betritt den Garten; der Teich ist sehr gefährlich.«

In der kommenden Nacht betrat Irina den Garten.

Natürlich wäre sie lieber bei Tageslicht hinausgegangen, doch beide Reichelts beobachteten Irina mit ihren trüben Augen, und beide wachten über den Schlüssel. In der Nacht, als die Alten in ihrem Zimmer lagen, schlich sie auf Strümpfen über den Flur; das einzige Geräusch war ihr gelegentliches Schmatzen auf einem frischen Kaugummi. Auch die Lampe blieb aus, das Licht ihrer kleinen Taschenlampe sollte ausreichen. Der Schlüssel lag schwer in ihrer Hand. Sie beleuchtete das Schloss, steckte den Schlüssel hinein und drehte ihn um. Es knirschte. Erschreckt hielt Irina den Atem an und lauschte. Offenbar hatte sie die Alten nicht geweckt. Sachte drückte sie die Klinke hinunter und mit einem Knarren gab die Tür einen Spalt frei.

Sofort fühlte Irina Feuchtigkeit, als ob die Luft aus schweren Tropfen bestand, die es nicht wagten, zu Boden zu fallen. Vorsichtig tastete sie sich vorwärts. Eine Wiese, offenbar lange nicht gemäht, Gräser streiften Irinas Beine. Langsam schritt sie weiter, spürte eine lästige Ranke, sodann das Prickeln einer Brennnessel. Nach einigen Schritten hatte Irina die Steine erreicht, die einen Kreis um den Teich bildeten. Gewiss hatte dies einst schön ausgesehen, doch nun wucherte das Moos und bedeckte die Steine mit einer filzigen Schicht.

Als Irina über die Oberfläche leuchtete, sah das Wasser grün und modrig aus. Schwer hing der Geruch von Fäulnis in der Luft. Und doch glaubte sie, einzelne Fische zu erkennen, die vom Licht angelockt an die Oberfläche glitten.

An einer Stelle in der Mitte leuchtete es glänzend, als ob das kalte Sternenlicht die Nacht zusätzlich erhellte. Wie gebannt von diesem Leuchten beugte Irina sich vor und hielt den Schein geradewegs auf diesen Punkt gerichtet. Fast glaubte sie, im bläulichen Licht einen Tunnel zu sehen, der trotz des Lichtes kalt wirkte, umgeben von schwarzem Gestein. Die Steine wirkten bizarr geformt, fast wie Hände, mit spitzen Ausbuchtungen. Noch weiter beugte Irina sich vor, lauschend, weil eine entfernte Melodie in ihrem Kopf dröhnte, und selbst die Töne klangen feucht wie die Luft und so schwer wie die schwarzen Steine.

Im nächsten Augenblick rutschte sie ab, fluchte, taumelte und kippte mit rudernden Armen nach hinten. Die Taschenlampe knallte auf einen Stein und erlosch. An ihren Händen war lehmige Erde, etwas kroch über Irinas Bein, sie schlug danach und strampelte. Mit beiden Händen tastete sie nach der Lampe, ohne sie zu finden. Im schwachen Licht der Sterne suchte sie sich zu orientieren, gab schließlich die Suche nach der Lampe auf und kroch den Weg zurück zur Tür.

Mühsam klopfte sie den Schmutz ab, zog die Socken aus, trat ein und verschloss die Türe.

Rascher kaute sie, presste die Gummimasse an die Lippe und bildete eine kleine Blase, während sie sich beruhigte. Es war nichts geschehen. Natürlich hatte sie ungewollt Schmutz hineingetragen. Ohne Licht fand sie tastend den Weg in die Küche, griff nach einem Handtuch und begann, die gröbsten Spuren aufzuwischen. Das Ehepaar sollte sich nicht aufregen, wenn sie entdeckten, dass Irina den Garten betreten hatte. Nachdem sie ihre Spuren verwischt hatte, hängte sie den Schlüssel zurück und schlich hinauf.

Der Ausflug hatte ihr kaum geholfen. Sie lag in dem Gästebett, das bei jeder Bewegung knarrte, und überlegte. In der Dunkelheit betrachtete sie die Fotografie, strich darüber, dort, wo das Haar abgebildet war, und legte das Foto sorgfältig zwischen die Seiten des Buchs. Sie wusste immer noch nicht, was damals geschehen war. Wie tief dieser Teich war. Tatsächlich hatte er an dieser einen Stelle sehr tief gewirkt. Und diese Musik ... woher sollte inmitten der Nacht Musik erklingen?

Schließlich schob sie die Ohrenstöpsel in ihre Gehörgänge, sperrte alle Geräusche aus und atmete gezielt in den Bauch. Erst in den Morgenstunden schlief sie ein.

Irina stand früh auf, sehr früh, putzte die Zähne und schob ein frisches Kaugummi in den Mund. Doch als sie hinunterstieg, waren die beiden Alten bereits angezogen. Herr Reichelt saß am Tisch und kaute an einem Brot mit Wurst, Frau Reichelt verharrte am Fenster, den Blick auf den Teich gerichtet.

»Guten Morgen«, sagte Irina. Herr Reichelt schaute kurz auf, nickte und kaute weiter.

Irina setzte sich zu dem Alten und schaute auf seine Hände, die verkrampft das Messer hielten.

»Soll ich Ihnen das Brot schneiden, Herr Reichelt?«

Er blickte sie an mit wässrigen Augen, schüttelte schließlich den Kopf. »Nein, danke.«

»Hatten Sie schon einmal eine Pflegekraft aus Polen?«

Er schüttelte den Kopf.

»Sind Sie sicher? Ich meine, die Agentur hätte da etwas erwähnt. Vor sieben Jahren.«

Frau Reichelt drehte den Kopf. »Kommen Sie, Irina, schauen Sie hinaus. Schauen Sie!«

Langsam trat sie zu der Alten und folgte den Blicken. Dort, direkt neben dem Teich, kaum zu erkennen im hohen Gras, lag ihre Taschenlampe.

Wie eine Klaue umfassten die Finger der Alten Irinas Arm. »Jemand war im Garten«, rief sie, klagend, weinerlich, »einen Tag zu früh!«

Irina schluckte. »Soll ich hinausgehen und das in Ordnung bringen?«

»Nein, nein.« Immer noch klang die Stimme der Alten jammervoll. »Es ist zu früh, zu früh.«

»Komm, Else, es ist gut!« Herr Reichelt war zu ihnen getreten, legte den Arm um seine Frau und blickte mit den wässrigen Augen zu Irina. »Bitte lassen Sie uns alleine, Sie haben genug angerichtet.«

»Ist gut.« Irina trat auf den Flur, auf die erste knarzende Treppenstufe, hörte die beiden miteinander sprechen, blieb auf der Stufe stehen, die Hände am Geländer. Und schließlich, einer Ahnung folgend, schlich sie zurück, lehnte den Kopf an die Tür und lauschte.

»Sie war im Garten.«

»Es war zu früh, einen Tag zu früh.«

»Die Sterne müssen richtig stehen.«

»Warum ist sie nur einen Tag zu früh gekommen? Wie sollen wir sie ertragen?«

Irina glaubte nicht mehr daran, eine Antwort zu finden. Zu seltsam waren die beiden alten Leute. Sie sollte nach Hause fahren, hier gab es nichts zu entdecken. Den Rest des Tages wusch sie Wäsche, putzte, richtete das Essen an, bot Hilfe bei der Abendpflege an, die beide Reichelts verweigerten, und zog sich in ihr Zimmer zurück, steckte ein frisches Kaugummi in den Mund und hoffte, etwas entspannen zu können.

Doch kurz nach elf hörte sie eilige Schritte auf der Treppe, ein Rütteln an der Tür, die Irina verschlossen hatte, schließlich hastiges Klopfen. »Irina? Irina, ich brauche Ihre Hilfe!«

Mit einem Ruck öffnete sie die Türe. Herr Reichelt sah blass aus, mit müden, geschwollenen Augen. »Else«, flüsterte er. »Sie ist im Garten. Bitte helfen Sie mir!«

Else stand einfach nur da, direkt vor dem Teich, das weiße Nachthemd flatterte im Wind. Ihr Kopf war gesenkt.

Irina fröstelte. Rasch schritt sie durch das Gras, kaute hektisch auf dem Kaugummi, spürte an den nackten Füßen wieder die gierigen Kletten. »Frau Reichelt?«

Die Alte reagierte nicht.

»Frau Reichelt, kommen Sie, wir gehen ins Haus und ich koche Ihnen einen Tee.«

Da schnellte der Kopf der Alten empor, ruckartig drehte sie ihn und starrte in den Nachthimmel. Irina fröstelte. Diese vorgewölbten Augen. Sie blickten fremd. Hungrig.

Die Stimme der Alten klang wie weit entfernt. »Die Sterne stehen richtig, Albert. Ich kann es sehen, der Zugang ist geöffnet!«

Hinter ihr dröhnte Herrn Reichelts Stimme. »Es ist so weit.«

Im flirrenden Licht des Mondes schaute Irina hinab. Das tiefschwarze Wasser erstrahlte, ein Tunnel aus Licht. Sterne, leuchtend hell, und dort, tief unten, glaubte sie wieder, eine Art Gesang zu hören. Es mussten Steine sein vom Teich, doch schwarz und eigenartig in ihrer Form. »Was ist das?«, flüsterte sie. Und spürte Herrn Reichelts Hände, die sie hielten. Und ihr einen Hieb auf den Rücken gaben, so plötzlich, dass sie kaum schreien konnte. Sie fürchtete, in den Teich gefallen zu sein, doch da war kein Wasser, nur strahlendes Licht, während sie auf die bizarr geformten Steine hinabstürzte. Deutlich erkannte sie die absonderlich geformten Umrisse eines Tors, zahlreicher Brücken, Kuppeln und Spitzdächer. Sie wunderte sich, nach wie vor zu atmen, nur ihr Kopf schmerzte von dem lauter werdenden Gesang, der von überall und nirgends ertönte. Unter ihr fand sie den Boden, der schlammig war, sodass sie einsackte und kaum stehen konnte, schließlich auf die Knie sank und vorwärts kroch. Diese Stimmen, das Flüstern, das Summen aus zahllosen trockenen Kehlen, und über ihr, weit entfernt, hörte sie verzerrt durch Raum und Zeit ein Murmeln.

»Cthulhu, nimm dieses unser Opfer an, dir dargebracht in dem Augenblick, in dem die Sterne richtig stehen.«

Sie begriff nicht, wo sie war, sie sah nichts als skurrile Steine und dieses Leuchten. Und ein riesiges Auge, das sich langsam öffnete. Die Musik pulsierte durch ihren Kopf, bis Irina die Töne sehen konnte, riesige dunkle Töne, die das Licht verschlangen. Mit letzter Kraft griff sie an ihren Mund.

Langsam kroch Irina hinaus. Ihr Haar war voller Algen, ihre Füße mit Schlamm bedeckt. Mit brackigen Händen kratzte sie das Kaugummi aus den Ohren. »Dieser Teich ist sehr tief.«

»Albert, sie ist zurückgekehrt von dort!«

»Zurückgekehrt?« Irina lachte spöttisch auf. »Ich bin niemals angekommen. Diese Musik, man kann ihr nicht widerstehen. Wer sie hört, wird ihr folgen und für immer verschwinden. Jetzt weiß ich, was vor sieben Jahren geschehen ist. Die Pflegekraft aus Polen. Sie war meine Mutter. Einfach verschwunden, hieß es. Aber ich wusste, meine Mutter ist nicht einfach so verschwunden.«

Plötzlich sahen die Reichelts alt aus, ängstlich und hilflos. Frau Reichelt hüstelte. »Verstehen Sie doch, wenn wir ihm nicht opfern, wird er nicht zufrieden sein. Ein kleines Opfer, wenn er erwacht in R'lyeh, und er kehrt zurück auf seinen Thron, um zu träumen. Nun wird er nicht zufrieden mit uns sein.«

»Gar nicht zufrieden«, echote Herr Reichelt.

Langsam trat Irina durch das hohe Gras zur Türe. Sie schaute nicht mehr zurück. »Das ist Ihr Problem«, murmelte sie und ging, und schlammige Abdrücke zeigten ihre Schritte. Hinter sich hörte Irina wieder diese Musik, schwere Töne, die durch die Luft glitten. Ein heiserer Schrei, leises Stöhnen und das gurgelnde Geräusch. Etwas Schweres stürzte ins Wasser und verschwand inmitten der Algen. Das Platschen unförmiger Körper, die in einem tiefen Teich versanken.

Baba Olga

von Silke Pahl

Zuerst gab es einen Knall und einen Stoß, der jeden an Bord gegen die Schiffswand beförderte.

Dann folgte der Alarm.

Wie ein heulender Geist hing er in der Luft, während sich Lionel mühsam mit schmerzendem Kopf wieder aufzurichten versuchte. An seinen Fingerspitzen klebte Blut, aber er versuchte es zu ignorieren. Jetzt war keine Zeit dafür.

Der Torpedoman's Mate George Mash brüllte ihn an, ihm zur Hand zu gehen, während das Heck der *USS Pilchard* plötzlich stark absackte und alles, was nicht festgenietet oder -gebunden war, im engen Torpedoraum umherflog. Lionel wurde die Luft aus den Lungen gepresst, als er erneut gegen die Wand prallte. Ein Kakophonie an Befehlen kreischte gegen das Chaos an.

»Wassereinbruch im Maschinenraum!«

»Schließt die Luken!«

»Mash, sofort zum Heck-Torpedoraum!«

George stürzte sofort aus dem Raum. Lionel taumelte leicht benommen zur Unterstützung hinterher. Mitten im Korridor erloschen plötzlich die Lichter und in der Dunkelheit glimmte nur noch eine einzelne Notleuchte auf.

»Leck, wir haben ein –«

»Wassereinbruch!«

Lionel hörte den abgehackten Warnruf, als ihnen auch schon eiskaltes Salzwasser entgegengeschossen kam und George mit sich riss wie eine Puppe. Es schien von überall zu kommen und Lionel warf sich im letzten Moment herum und rannte los. Er schaffte es gerade noch rechtzeitig zurück in den Bug-Torpedoraum, als das Wasser auch schon hüfttief angestiegen war und schwarz und schäumend um ihn herum strudelte, bereit, ihm die Beine wegzuziehen wie seinem Vorgesetzten.

Mit letzter Kraft presste er sich gegen die Schottluke und schob diese zu. Das Wasser strömte durch den Spalt wie ein Monster, das nach ihm zu greifen versuchte. Mit einem lauten Blubbern verriegelte schließlich der Mechanismus den Zugang und Lionel blieb keuchend und allein in der Stille und Dunkelheit zurück.

Nur langsam wich der erste Schock aus seinen zitternden Gliedern, und er realisierte, in welcher Situation er sich befand. Er war abgeschnitten vom Rest des Bootes, keine Kommunikation, kein Strom. Nach dem Ausmaß der Überflutungen zu urteilen war er vermutlich auch der letzte Überlebende an Bord des Atom-U-Bootes *USS Pilchard* am Grund der Barentssee. Und bald würde ihm die Luft ausgehen und er jämmerlich ersticken oder erfrieren oder ertrinken, wenn die Dichtungen versagten.

Er hatte gewusst, dass ihre Mission gefährlich war.

Die *Pilchard* war seit April 1983 auf einer 14-tägigen Schleichfahrt in den Gewässern vor Murmansk gewesen, wo einer der größten sowjetischen Militärhäfen lag. Natürlich war dieser gut bewacht, doch die *Pilchard* sollte eine neue Route in diesem unwegsamen Gewässer finden, um feindlichem Sonar zu entgehen.

Und tatsächlich hatte man einen tiefen Graben entdeckt, der vielversprechend wirkte, als das Boot plötzlich von etwas getroffen wurde.

Es hatte keine Warnung gegeben und es war auch kein anderes Schiff in der Nähe gewesen. Ein feindlicher Torpedo konnte sie demnach nicht getroffen haben. Waren sie mit einem

Felsen kollidiert, der nicht eingezeichnet gewesen war? Waren die Seekarten doch nicht so genau, wie der Brückenoffizier Miller stets geprahlt hatte?

Lionel würde es wohl nie erfahren, eingeschlossen im Torpedoraum, abgeschnitten von der Rettungsboje und den Taucheranzügen, die in dieser Tiefe und bei diesem Druck ohnehin nutzlos waren.

Irgendwann würde der Sauerstoff knapp werden oder das Wasser würde einen anderen Weg ins Innere finden. Seine Hände krallten sich in seinen kurzgeschorenen Haarschopf. Egal, wie er es drehte und wendete: er würde hier sterben.

Das kalte Glimmen des Leuchtstabes, den er sich im Dunkeln ertastet hatte, mochte seine Angst kaum lindern, denn nun konnte er sehen, wie sich der Raum in einem flachen Winkel neigte und sich Wasser am Schott sammelte und dieses überflutete. Das leise Plätschern der dunklen Wellen und sein zittriger Atem waren alles, was die Stille durchbrach.

Sein ganzer Körper bebte unkontrolliert, sowohl vor Kälte als auch vor Angst. Er wollte nicht aufgeben, wollte nicht sterben. Es musste einen Ausweg geben, irgendwie …

Nur mühsam konnte er sich auf Knien durch den schmalen Raum bewegen und nach brauchbaren Gegenständen suchen. Doch bis auf einen kleinen Schraubenschlüssel und ein Klemmbrett, das im Wasser vor sich hin dümpelte, gab es nichts.

Er betrachtete das Werkzeug. Selbst, wenn er nach Hilfe rufen könnte, wer würde ihn schon hören? Die USA konnten wohl schlecht eine Rettungsmission direkt vor der sowjetischen Küste starten.

Und die Russen? Denen wollte er lieber nicht in die Hände fallen. Aber mit diesem stumpfen Ding in seiner klammen Hand konnte er sich nicht einmal die Pulsadern aufschneiden, um sein Leiden zu verkürzen.

Frustriert warf er das Werkzeug ins Wasser und schluchzte.

Die Stille war ohrenbetäubend.

Hin und wieder gluckste das Wasser oder knarrte der Schiffsrumpf.

Vielleicht sollte er singen, um sich zu beruhigen. Aber dann würden nur Erinnerungen hochkommen, seine Familie, seine Freunde … Sie alle ahnten nicht, dass er seinem dunklen, kalten Ende entgegenging.

Was sie wohl gerade taten? Dachten sie an ihn? Freuten sie sich auf seine Heimkehr, die niemals stattfinden würde?

Plötzlich zerriss ein lautes Hämmern seine hoffnungslosen Gedanken.

Für mehrere Sekunden hielt er entsetzt den Atem an und wagte es nicht, sich zu rühren. Das Klopfen wiederholte sich und aus einem ihm nicht erklärbaren Grund schien es aus einem der Torpedorohre vor ihm zu kommen.

Was ging da vor?

Ein drittes Mal klopfte es. Es klang nicht mechanisch wie eine nachgebende Stahlplatte, sondern eher natürlich, als ob jemand oder etwas dort drinnen saß und hinauswollte. Mühsam sammelte er all seinen Mut zusammen, richtete sich mit steif gefrorenen Gliedern auf und trat zögernd zur Laderampe. Der Regler zeigte an, dass das rechte Torpedorohr geflutet war. Wieder klopfte es.

Wer oder was konnte das sein? Die Barentssee war an dieser Stelle über 1300 Fuß tief und kalt wie Eis. Ein Taucher hätte diesen Druck und diese Temperatur nie ausgehalten. Sogar die *Pilchard* ächzte unter den Wassermassen.

Wieder hämmerte es, diesmal direkt gegen die Torpedoluke, dass diese vibrierte. Was es auch war, es konnte wohl kaum schlimmer werden, entschied Lionel und betätigte manuell das Ventil, um die Außenöffnung zu schließen, ehe er die Versiegelung der Torpedorampe öffnete.

Ein Schwall eisigen Wassers spülte ihn von den Beinen und er landete unsanft auf dem Hintern. Japsend richtete er sich wieder auf und reckte den Leuchtstab in die Höhe, um zu sehen, was dort zu ihm in das Wrack geklettert kam. Oder eher geschwommen.

»Jollki palki! Ya rastolstel?«

Er erstarrte. War das Russisch? Hatte der Feind eine neue Technologie erfunden, um amerikanische U-Boote auszuschalten und zu entern? In 1300 Fuß Tiefe?

Vollkommen fassungslos und nass tropfend starrte er auf das Torpedorohr, nicht in der Lage, sich zu bewegen.

Aus der runden Öffnung zwängte sich eine kräftige Gestalt heraus und purzelte auf den Boden, wo sie sich ächzend aufsetzte.

Lionel fiel der Leuchtstab aus der Hand.

Es war eine Frau.

Eine gewaltige Frau mit den Schultern eines Rummelboxers.

Sie trug keinen Tauchanzug. Nicht einmal *Kleidung*, wie es ihm beim Anblick zweier üppiger Brüste peinlich gewahr wurde. Ihre Haut glänzte silbern und … waren das Schuppen?

Aber gänzlich zweifelte er an seinem Verstand, als sich ein mächtiger Fischschwanz ihren breiten Hüften anschloss und sich ausladend Richtung Wasser streckte, das sich auf der anderen Seite des Raumes staute.

Die Frau schnaufte tief und ordnete ihr graugrünes Haar, das in einem üppigen Knoten auf ihrem Kopf saß.

»Dimitri! Chto eto?« Sie hob den Blick und zwei reptilienartige Augen entdeckten den völlig erstarrten Lionel, der noch immer mit dem Leuchtstab zu seinen Füßen auf seinem Platz saß und dieses Wesen anglotzte wie ein Fisch. *Oh, welch Wortspiel!*

Die Frau runzelte die Stirn und musterte ihn und seine Uniform. »Ty ne Dimitri!« Sie deutete auf sein Abzeichen am Ärmel. »Amerikanets?« Ihre Stimme klang wie eine rostige Säge.

Lionel rührte sich nicht.

Plötzlich lachte sie so laut auf, dass er zusammenzuckte. »Du Amerikaner, ne tak-li?« sagte sie mit starkem russischem Akzent und rollte sich schwerfällig in eine bequemere Position.

»Normalerweise ich treffe Dimitri. Das also nicht ist die *Morskoy kotik*?«

Er schüttelte langsam und mechanisch den Kopf.

Wenn er sich Geschichten über holde Meerjungfrauen ins Gedächtnis rief, mussten die Autoren wohl stark kurzsichtig oder arg betrunken gewesen sein, denn das vor ihm war keine zarte Forelle, wie man es sich vorstellte, sondern ein ausgewachsener Wal, der seine Jugendjahre lange hinter sich gelassen hatte.

Seine Anwesenheit schien sie nicht zu stören, denn sie lachte weiter, dass ihr Dutt gefährlich schwankte. »Ach, ich altes Fischweib wohl blind werde auf meine Tage!« Sie musterte ihn erneut. »Was sucht so eine kleine Gräte wie du in diesen Gewässern?«

Lionel befeuchtete seine Lippen, doch aus seiner Kehle kam nur ein trauriges Krächzen.

Die Frau nestelte an einer Art Gürtel herum, der wie Seetang um ihre Taille und Schulter geschlungen war, und beförderte eine muschelbewachsene Flasche hervor, die sie mit den Zähnen gekonnt entkorkte. »Die war für Dimitri. Aber jetzt: Wir trinken!«

Sie klopfte mit ihrer schwimmhautbespannten Hand auf den metallenen Untergrund vor sich. »Setz dich zu Baba Olga, kleine Gräte!«

Lionels Knie befolgten ihren Aufruf als erste, und er kroch unbeholfen auf ihnen näher, eher er wie ein Sack zu Boden plumpste. Durchnässt und verloren hockte er da, zwischen dem offenen Torpedorohr und der überschwemmten Schottluke, und wollte nicht verstehen, was gerade vor ihm geschah.

»Ist dunkel hier!« Olga blickte sich ausgiebig um und schien seine Lage schließlich zu erkennen. »Bist gesunken mit deinem Schiff!« Ihre Stimme wurde mitleidig und sie drückte ihm die kalte Flasche in die Hand. »Armer Junge. Komm, trink! Sa sdarówje!«

»Aber … ich bin noch im Dienst …«

»Dienst? Auf gesunkenes Boot im Meer? Net, mein Jung. Dienst ist nur für intaktes Boot. Du hattest genug Dienst. Sa sdarówje!« Sie machte eine auffordernde Geste, der wohl selbst der hartgesottenste Seemann kaum widersprechen mochte.

Mehr aus Reflex als aus eigener Initiative setzte er das Gefäß an die Lippen und neigte es. Das Gebräu aus dem Innern spülte in seinen Mund und Hals und schien diese sofort in Flammen zu setzen, ehe es in seinem Magen in einem Feuerball explodierte. Er hustete und japste und Olga lehnte sich vor, um ihn mit der

Kraft eines Bergarbeiters auf den Rücken zu klopfen.

»Wie ist Name von dir, Jung?«

»Lionel!«

»Lainal!«, wiederholte sie konzentriert.

»Nein, Lionel!«

»Sag, Lainal, was ihr macht mit so vielen Waffen? Ich das auch immer zu Dimitri sage. Ihr Menschen seid Dummköpfe. Immer nur Waffen, Waffen, Waffen. Ihr lieber alle zusammensitzen solltet, lachen und trinken und nicht vergiften das Meer!« Sie nahm einen großen Schluck aus der Flasche und reichte sie ihm wieder. »So lange Beine habt ihr und dann tut ihr nur sitzen in Büchse auf Wasser!«

»Das ist keine Büchse«, murmelte Lionel. »Das ist ein Schiff der Sturgeon-Klasse!«

»Sturgeon?« Olga überlegte kurz. »Stör? Guter Kaviar! Dazu Bliny und Wodka!« Sie seufzte. »Das waren Zeiten! Fischer kochten Krebse am Strand! Und meine Töchter tanzten die ganze Nacht auf Wellen von Meer. Aber dann, überall Krieg und Tod. Und Mütter, die weinen um ihre Kinder. Menschen haben Angst, machen sich Angst. Hörst du?«

Lionel hatte den Kopf gesenkt. Trotz Alkohol war er sich seiner Lage noch bitterlich bewusst und vielleicht war die Zusammenkunft mit dieser russischen Matronen-Nixe nur ein letztes Aufbäumen seines verlorenen Verstandes aufgrund der Kälte und des schwindenden Sauerstoffgehaltes. »Ich werde hier sterben!«

»Na! Na! Na! Baba Olga lässt niemanden allein!« Sie tätschelte mit ihrer großen Hand seine schmale Schulter, dass er gefährlich schwankte. »Hat Mama dich nie gelehrt, dass Meer ist Hort von Leben? Schau. Ich schon gesagt habe zu Dimitri: Du musst achten das Leben. Sonst gibt Baba Olga was auf den Kopf! Alle meine Enkel haben das gelernt und schaffen weg, was ihr Menschen ins Meer werft. Plastik und Öl und so viele Waffen. Und die Wracks. Wenn ihr schon versenkt Schiffe, dann macht sie bequemer! Alles so eng und winzig. Wie soll man da hausen? Und schön ist es auch nie. Muss erst dekoriert werden.« Sie reichte ihm erneut die Flasche und Lionel trank. Er trank einfach, weil die Absurdität dieses Augenblicks ihn dazu zwang.

Und vielleicht spürte er dann nichts mehr, wenn er letztendlich hier unten verreckte.

Plötzlich knackte es in der Wand und er schreckte hoch. »Was war das?«

»Ich dir doch gesagt habe. Wir schaffen fort, was Menschen werfen ins Meer. Dein Wrack wurde entdeckt und nun sich die jungen Meermänner streiten um die besten Stücke.«

»Was? Das Schiff wird geplündert?«

»Nun, brauchen tut ihr Menschen es nicht mehr!«

»Aber ...« Ein heftiger Knall ließ ihn erneut erschaudern und die Schottluke erzitterte. Mit Schrecken bemerkte er, wie das Wasser dort Wellen schlug.

Olga verdrehte nur genervt die Augen und wälzte sich zu der massiven Tür. Mit ihrer kräftigen Hand schlug sie ein paar Mal gegen den Stahl und brüllte etwas auf Russisch, dass Lionel beinah die Flasche aus der Hand fiel.

Dann wurde es still.

Olga wirkte zufrieden. »Karten?«

Lionel starrte sie an. »Was?«

»Hast du Karten? Lass uns spielen! Ihr Menschen macht das, ich weiß! Komm, Baba Olga hat Muscheln und Krabbenfleisch. Wir essen und trinken und spielen. Und ich erzähle von Meer und du von Land.«

Was für eine andere Wahl hatte er auch schon, dachte sich Lionel, während er aus seiner Hosentasche seine feuchten Skatkarten herausfischte, die er für die Pause aufbewahrt hatte. George hatte ihm noch eine Revanche geschuldet ...

Und so fand er sich sitzend und spielend und die frischesten Muscheln seines Lebens schmausend einem fülligen Meerweib gegenüber und lauschte ihren Geschichten, die ihn aus seinem dunklen Gefängnis herausholten.

Er erfuhr von Unterwasserhöhlen, die so groß waren, dass ganze Städte darin Platz gefunden hätten, von heißen Quellen mitten in der Tiefsee, wo sich Meeresschlangen wärmten und von tiefen Gräben, wo es so dunkel und der Druck so hoch war, dass sich dort niemand hinab wagte.

Olga war scheinbar viel um die Welt gekommen. Sie war auf Hippokampen im Mittelmeer geritten, hatte mit Ningyos im Japanischen Meer gespeist (»Sashimi! Köstlich!«) und zusammen mit Sirenen wagemutige Männer angelockt.

Ihre liebste Geschichte war aber jene, als ein arg liebestoller Matrose eine der Nixen zu greifen bekam und sie siegesgewiss küsste, bis ihm auffiel, dass es ein Wasserpferd war, dem er seine Lippen auf die Nüstern drückte.

»... und dann er hat geschrien wie kleines Mädchen!«

Lionel lachte. Er lachte so laut, dass er beinah hintenüberfiel und sein Blatt aus der Hand verlor. Für diesen einen herrlichen Augenblick war alles um ihn herum vergessen. Es gab nur die

Geschichten, die Olga erzählte, die herrlichen Meeresfrüchte und den Wodka, der seine Eingeweide und seinen Kopf wärmte wie eine mollige Decke.

»Hast du Dimitri auch so etwas erzählt?«

Olga winkte ab. »Ich erzähle jedem, der hören will! Viele halten es für Seemannsgarn. Aber dann ich zeige auf meinen Fischschwanz« – sie hob demonstrativ ihre mächtige Flosse aus dem Wasser – »und frage, ob das auch Garn von Seemann ist! Dimitri liebt Geschichten. Ist wie du. Ihr solltet euch lernen kennen!«

Lionel hielt kurz inne. Seine Gedanken waren schwerfällig geworden, als würden sie in Sirup treiben. »Aber er ist Russe ...«, nuschelte er.

»Schnickschnack! Ein Berg kommt nicht mit einem anderen Berg zusammen, aber ein Mensch mit einem anderen. Hör gut zu! Baba Olga weiß, wie man alt und glücklich wird!«

Lionel blickte sie lange an.

Sie hatte so viel Mütterliches an sich, und er konnte sich gut vorstellen, wie sie ihre Kinder und Enkel erzog und rücksichtslosen Fischern die Netze zerriss und Ertrinkenden erst das Leben rettete, um sie danach mit einem herben Klaps auf den Hinterkopf zu ermahnen, nicht so unvorsichtig auf hoher See zu sein.

Sie war groß und mächtig und auf ihre Art ... wunderschön.

Er fühlte sich bei ihr geborgen wie ein kleiner Junge, der nach einem dunklen Regentag endlich nach Hause kam und bereits mit einer heißen Suppe erwartet wurde.

Es war so friedvoll, und er wünschte, dieser Augenblick würde niemals vergehen.

Mit steifen Fingern versuchte er, die Karten neu zu mischen, aber sie fielen ihm aus den Händen. Die Meeresfrau nahm sie ihm schließlich gutmütig ab, und er sah wie hypnotisiert auf ihre professionellen Bewegungen, während er selbst nur ungelenk die Flasche wieder ansetzte. Wurde sie überhaupt leer?

»Olga ... ich liebe dich!«, murmelte er glückselig, und Olga lächelte nur, während sie kurz von ihrer Arbeit aufblickte. »Ich weiß, mein Jung, ich weiß. Alle lieben Olga!«

Lionel kicherte und lehnte sich zurück. Seine Augenlider wurden schwer wie Blei und es war ihm, als schwebte er tief im Ozean der Stille, umhüllt von einem dunklen Kristallblau, getragen von unsichtbaren Händen, während es langsam immer dunkler um ihn herum wurde.

Ein letzter Schemen verriet ihm, wie sich Olga zu ihm herabbeugte.

Er spitzte den Mund für einen Kuss, einen letzten süßen Kuss, der nach Salzwasser und Seetang schmeckte.

Ihre Lippen waren kalt und nass und ihre Barthaare kitzelten ihm im Gesicht … Moment! Barthaare?

Er riss die Augen wieder auf und starrte in die runden Knopfaugen einer Robbe, die ihn neugierig musterte und deren Schnauze nur wenige Zentimeter vor seinem Gesicht schwebte. Ungläubig hob er den Kopf, aber das Tier rührte sich nicht von der Stelle, sondern beschnupperte seinen Körper, der auf einem flachen Felsen an einer steinigen Küste lag.

Über ihm peitschte der kalte Wind bleigraue Wolken über den Himmel und unter ihm spritzte eine raue Gischt die Klippen empor und ließ eisige Tropfen herabregnen.

Noch mehr Robben tauchten in seinem Sichtbereich auf und wälzten sich träge auf dem harten Untergrund.

Er war an Land.

»Was zum …?«

Hatte er all dies nur geträumt?

Zitternd rollte er sich zur Seite und wollte aufstehen. Aber seine unterkühlten Glieder verweigerten ihre Arbeit. Es gelang ihm gerade einmal, den Kopf zu heben.

Noch während er sich abmühte, versuchte er gleichzeitig zu erfassen, wie er überhaupt hierhergekommen war.

Und wo war er überhaupt?

War er tot?

Hatte ihn der Sauerstoffmangel endlich erlöst?

Plötzlich näherten sich Schritte auf dem knirschenden Kies hinter ihm, und als Lionel sich unbeholfen umwandte und aufblickte, stand vor ihm ein junger, hagerer Mann mit einem verschmitzten Lächeln und einer warmen Decke in der Hand.

»Privet, kak dela?«, fragte er etwas verlegen und aus der Brusttasche seines Mantels lugte dabei die Ecke eines Stapels nasser Spielkarten hervor. »Olga sagt, du brauchst Hilfe! Schön, dich zu treffen. Ich bin Dimitri!«

Energien

von Tobias Lagemann

Als ich in den Kanalschacht gleite und mit den Füßen nach den Stufen der Leiter taste, höre ich den Doktor »Moment noch« sagen. Ich sehe ihm an, dass er nervös ist. Zum einen wird ein Gerät getestet, an dem er drei Jahre geforscht hat, zum anderen ist es sein erster Gang in die Welten unterhalb der Stadt.

»Was ist denn jetzt schon wieder?«, frage ich.

»Der Akku ist nicht voll ...«

»Weil Sie das Ding schon eingeschaltet haben, als wir vom Hof sind«, sage ich und drücke mich wieder aus dem Schacht heraus. »Aber Sie sind ja ein Schlaumeier und haben mir nicht geglaubt.«

»Da zieht irgendetwas Energie ab ...« Der Doktor starrt auf den Bildschirm seines Geräts.

Ich deute nach unten, sage: »Das wundert

doch nicht, nach all dem Regen der letzten Tage wird da unten die Hölle los sein. Da hat sich viel angestaut, da drückt auch viel von außen.«

»Ich weiß«, sagt der Doktor, »aber der Akku ist isoliert, dem dürfte das nichts ausmachen, der müsste bei voller Leistung sein.«

»Die da«, sage ich und tippe mir an die Nase, »die da ist immer auf voller Leistung. Und deshalb gehen wir jetzt nach unten.« Wieder gleite ich ein Stück in den Schacht, strecke meine Füße aus, finde die Sprossen der Leiter und beginne hinabzusteigen.

Dass der Doktor erneut »Moment noch« sagt, ignoriere ich. Ich habe es eilig, denn schon seit Tagen spüre ich diesen Druck zwischen den Augenbrauen, ein untrügliches Zeichen dafür, dass sich mächtige Energien aufgebaut haben. Und es muss etwas sehr Altes sein, denn je näher ich den durch den Kanal gurgelnden Wassermassen komme, desto stärker juckt meine Narbe, dieser ringförmige Wulst rund um mein linkes Handgelenk. Ein Brocken von Hund war einem Legionär vorausstürmend auf mich los, schwarz wie die Hölle, aus der er kam, mit einem Maul, das meine Hand sofort umschloss. Natürlich war damit das Schicksal des Hundes besiegelt, kaum gruben sich seine Zähne in mein Fleisch, löste er sich in einem Lichtgewitter auf. Wäre Grabka an jenem Tag nicht an meiner Seite gewesen, der Zeiteinbruch wäre dennoch mein Ende gewesen. Ich war nicht nur verletzt, ein Großteil meiner Energien war in die Vernichtung des Hundes geflossen. Grabka drängte machtvoll die durch den Einbruch strömenden Legionäre zurück und schloss den Riss, während ich meine Wunde notdürftig versorgte.

Ich nehme Verbindung mit meinem Chef auf.

Grabka, ich habe bei der Sache kein gutes Gefühl.

– Mach deinen Job.

Mache ich, denke ich und lasse mich die letzten Stufen der Leiter hinab. Als ich den Grund des Schachts erreiche, umspült Wasser meine Füße, durch meine Watstiefel spüre ich keine Energien, da ist nur Kälte. Also noch kein Einbruch der Gewalt aus vergangenen Zeiten. Vielleicht ja würde der Tag doch ein gutes Ende nehmen.

– Mach deinen Job.

Mach ich doch.

– Du machst dir Gedanken, mehr nicht.

Chef, komm, du weißt, dass ich auf den Doktor nicht scharf war, den hätte der Henk machen können, der …

– Hör auf zu quatschen, Nicki, du bist der Beste für Jobs wie diesen.

Der Doktor ist Grün hinter den Ohren.

– Der ist schlau.

Aber er hat keine Erfahrung …

– … aber dieses Gerät. Und das soll gut sein. Heißt es.

Ich weiß …

Etwas Schweres plumpst neben mir ins Wasser, ich höre ein Keuchen. Offenbar ist mir der Doktor nun doch gefolgt, hat dabei aber wohl die letzten Sprossen der Leiter verpasst.

»Und jetzt? Was sagt der Akkustand jetzt?«, frage ich und schalte meine Stirnlampe ein. Ich brauche kein Licht, ich kann auch in völliger Finsternis sehen, aber der Doktor ist auf künstliches Licht angewiesen. Nur Kanalreiniger können all die Energien sehen, die den Untergrund durchströmen. Und so beleuchte ich ihm den Sammler, von dem aus unser Gang starten soll. Wir stehen auf einem schmalen Metallsteg, der knöchelhoch von trübem Wasser überspült wird. Ich sehe, wie verunsichert der Doktor von all dem ist.

Der packt das nicht.

– *Das ist doch ganz in unserem Sinn,* meldet sich Grabka.

»Das Gerät hat noch mehr Energie verloren. Insgesamt jetzt 17 Prozent.« Die Stimme des Doktors überschlägt sich fast.

»Und was sagt das Gerät noch, also außer, dass der Akku an Leistung verliert?« Ich bemühe mich, freundlich zu klingen, angesichts der Umgebung kommt von meinen Bemühungen jedoch nur wenig bei dem Doktor an.

Sein Gesicht ist zu einer Grimasse erstarrt, die Augen weit geöffnet, der Mund fest geschlossen. So ergeht es vielen, die zum ersten Mal in das Kanalsystem eindringen, da sind finstere Gemäuer und sich im Lampenschein bedrohlich windende Schatten, hinzu kommt dieser eigentümliche Gestank, diese Mischung aus fauliger Feuchtigkeit und Fäkalien und all dem anderen, das nach unten gespült wird.

»Haben Sie einen Ersatzakku dabei?«

»Klar.« Der Doktor deutet auf seinen Rucksack.

»Dann, hopp, hopp, wechseln.«

»Hier?«

»Wo sonst?«

»Ich kann mich kaum auf den Beinen halten«, sagt der Doktor. »Das Wasser hat ganz schön Wucht ...«

»Das ist kein Wasser, das sind Abwässer.«

»Mir egal, wie das heißt, ich kann darin verdammt noch mal nicht stehen …«

– *Du machst das gut*, meldet sich Grabka. Auch wenn bei unserer Art der Kommunikationen Emotionen nicht abgebildet werden können, weiß ich, dass mein Chef zufrieden ist.

Danke, Danke.

– *Weiter so.*

Ich antworte Grabka nicht, wozu auch. Seit ich Verbindung mit ihm aufgenommen habe, sieht und hört er, was ich sehe und höre. Also wende ich mich dem Doktor zu, ziehe einen Plan aus der Brusttasche meines Overalls, zeige auf einen Punkt in dem Gewirr aus Linien. »Da können Sie den Akku wechseln.«

»Nein«, sagt der Doktor.

»Was, nein?«

– *Ja, was nein?*

Grabka, du gehst mir auf die Nerven, antworte ich.

– *Ich habe hier den Professor von deinem Doktor und der geht mir ziemlich auf die Nerven.*

Grabka, bitte.

– *Der hat 'nen Tracker, verdammt noch mal, und der sieht die Daten, die das Gerät misst. Der weiß, was bei euch los ist.*

Damit komme ich klar.

»Wir machen das mit dem Akku doch besser hier«, sagt der Doktor. »Angesichts der Daten muss ich ausschließen, dass der schwächelnde Akku die Ursache dafür ist.«

In dem Augenblick wird der Druck zwischen meinen Augenbrauen zu einem Pochen.

Einbruch.

– Wie wir es erwartet haben.

»Das Gerät scheint defekt zu sein … Diese Daten sind einfach unglaublich.« Die Stimme des Doktors überschlägt sich.

Mittelalter, denke ich.

»Das sind absolut irre Werte.«

– Wirst du damit fertig?

Klar.

Ich greife an meinen Waffengurt, ziehe die CemChette ab, entsichere sie.

»Ich habe noch nie solche Werte gesehen, das ist der Wahnsinn …«

»Runter!«, brülle ich und gebe dabei dem Doktor einen Stoß, der ihn gegen die Kanalwand schleudert. Nur Sekundenbruchteile später feuere ich eine Ladung aus der CemChette der behelmten Gestalt entgegen, die sich aus einem haarfeinen Riss im Mauerwerk heraus manifestiert. Durch die sich auflösenden Reste des Ritters springe ich zur Wand und dichte mit einer zweiten Salve energetisch aufgeladener Zementnadeln den Riss ab.

Hinter mir hörte ich es platschen und prusten. »Das schmeckt ja widerlich. Ich weiß nicht, wie ihr das hier aushaltet«, sagt der Doktor, dann erbricht er sich.

»Ist unser Job.«

»Ich …« Wieder erbricht sich der Doktor, sein Körper schüttelt sich. »Ich könnte das nicht.«

»Hören Sie auf zu plappern, lassen Sie uns den Akku wechseln.«

»Ich muss vorher nur die Daten verschicken. Der Professor muss die Werte sehen, die sind echt irre.«

Lügner, denke ich.

– Die lügen immer.

»Das war nichts«, sage ich.

»Nichts? Was war nichts?« Der Doktor wedelt mit dem Gerät vor meiner Nase herum, einem kaum mehr als handgroßem Stück Kunststoff mit einem kleinen Bildschirm. Dass das die Zukunft sein soll, vermag ich mir nicht vorzustellen.

»Na ja, nicht nichts, aber letztlich harmlos. Irgendwas aus dem dreizehnten Jahrhundert, aber gewaltsam ist der nicht verstorben, da war nicht viel Düsternis in der Manifestation.«

»Aber er war da … Also muss da was gewesen sein, irgendwas Schreckliches. Hier. Irgendwo über uns. Ein schrecklicher Tod.«

»Wo ist denn in all den Jahrtausenden nicht gestorben worden? Wo wurde nicht gefoltert? Getötet? Im Krieg oder aus Liebe? Wo? Und all diese Angst, die Todesqualen, die gewaltsamen Tode sind in den Boden gesickert. Unentwegt. Wären da nicht die Mauern, wir wären umgeben von Alpträumen.« Ich gönne dem Doktor eine kurze Pause, sage dann: »Aber der Geselle gerade, der war harmlos, da war nicht viel Böses in ihm.«

– Du machst das gut.

Danke, Chef.

»Aber die Daten, nach denen war die Gestalt sehr mächtig.«

»Der Akku, Sie haben selbst gesagt, dass der defekte Akku die Daten verfälschen könnte …«

»Gleich wissen wir Bescheid«, sagt der Doktor, während er auf seinem Gerät herumtippt.

»Beeilen Sie sich«, sage ich.

»Wieso?«

»Weil …« Zwischen meinen Augenbrauen explodierte Schmerz.

Einbruch.

»He, was ist das …?«

»Runter.«

Dieses Mal muss ich den Doktor nicht aus dem Weg stoßen, er wirft sich in die gurgelnden Abwässer, scheint eintauchen zu wollen in das widerliche Nass. Denn was da auf uns zukommt, nimmt die ganze Breite und Höhe des Kanals ein. Gezogen von schemenhaften Pferden nähert sich uns ein Streitwagen.

Keltisch.

– Hier? Kann nicht sein.

Die CemChette wird mir nicht helfen, das weiß ich, die Manifestation ist zu weit fortgeschritten. Unter den leuchtenden Hufen der Pferde wirbelt Wasser auf, der Kehle des Kriegers entsteigt ein hörbarer Schrei. In der einen Hand das Zügelpaar, in der anderen einen Speer, so rollt er auf uns zu. Mir ist egal, ob er uns niederreiten oder speeren will, er will uns töten. Das sagt mir der reißende Schmerz in der Narbe an meinem Handgelenk. Ich nutzte die Pein und forme aus ihr einen Speer, den ich dem Krieger entgegenschleudere. Bevor die Spitze in den glitzernden Körper eindringt, schließe ich die Augen. Dennoch blendet mich das Lichtgewitter, in dem der keltische Krieger mitsamt Streitwagen vergeht.

»Ah …«

»Was ist?«, frage ich.

»Meine Hand ...«

– *Was ist los bei euch?*

»Das Gerät wird heiß ...«

Das Gerät ...

– *... überhitzt. Ja, ich weiß, der Professor ist total begeistert, weil die Daten beweisen, dass das Gerät funktioniert.*

Scheiße.

– *Ja, Scheiße.*

Als man Grabka vor einem Monat von einem Gerät vorgeschwärmt hat, das in der Lage sei, messtechnisch die Vorgänge in Abwassersystemen zu erfassen, hat er gelacht. Nicht zum ersten Mal war man mit einem derartigen Ansinnen an ihn herangetreten, und wie all die Male zuvor, hat er einem Test zugestimmt. Denn er ist sich sicher gewesen, der menschliche Spürsinn würde sich den technischen Geräten als überlegen erweisen. Kanalreiniger sind hochsensitive Menschen, ihnen ist das Gespür für all die negativen Energieformen zu eigen, die sich in Abwassersystemen manifestieren. Ist jemand eines gewaltsamen Todes gestorben oder hat er in seinem Leben viel Gewalt ausgeübt, so wandelt sich diese Gewalt in negative Energie. Und die wird vom Regen ins Erdreich gewaschen, und sinkt langsam hinab bis in Grundwasser. Das ist wohl schon immer so gewesen, aber seit es Kanalisation gibt, gibt es für diese negativen Energieformen einen Weg zurück in die Wirklichkeit. Durch Risse und Brüche finden die Schrecken der Vergangenheit Einlass in Röhren und Kanäle und manifestieren sich dort. Und es ist die Aufgabe von uns Kanalreinigern, diese unheilvollen Geister zu vernichten, bevor sie an die Erdoberfläche zurückkehren können.

– *Mach dem Scheiß ein Ende.*

Gerne, denke ich.

Wir Kanalreiniger glauben nicht an Technik, aber wir nutzen sie. Und auch wenn wir Handwerker sind, haben wir in unseren Reihen Experten für Hightech. Daher muss ich nur in meine Hosentasche greifen und einen kleinen Knopf an einem streichholzschachtelgroßen Kästchen drücken, um dem Gerät des Doktors neuerlich Energie zu entziehen, während es gleichzeitig mit einer Flut völlig absurder Daten überschwemmt wird.

»Ist das heiß, verdammt … Ah.« Der Doktor wirft das Gerät fort, zischend versinkt es im Strudel der Abwässer, explodiert mit einem dumpfen Knall. Mehr als ein paar Spritzer schmutziger Brühe erreichen uns nicht.

»Raus mit uns«, sage ich.

»Aber der Einbruch ...«

»Um den kümmern sich Kollegen.«

Für den Doktor scheinen das erlösende Worte zu sein. Mit einer Gewandtheit, die ich ihm nicht zugetraut habe, klettert er die Leiter hinauf. Ich folge ihm zufrieden, denn auch wenn sich technischer Fortschritt nicht verhindern lässt, kann man ihn doch verzögern.

– Freu dich nicht zu früh ...

Ich weiß, die Chinesen kommen.

– In zwei Wochen, ja.

Warum testen die ihre Geräte eigentlich nicht mit ihren eigenen Kanalreinigern?

– Die trauen denen nicht.

Aber uns trauen die, oder was?

– Die halten uns für blöd.

Aber das sind wir nicht ...

– Genau, Nicki, das sind wir nicht.

Wässrige Bindung

von Agga Kastell

Um am belebten Ufer des Rheins eine abgeschiedene Bucht zu finden, musste Flossi ein ganzes Stück laufen. Hinter schützenden Büschen kletterte sie über spitze Steine zum Ufer hinab und ließ sich auf einem flachen Felsen nieder. Sie zog die Schuhe mit den orthopädischen Einlagen und die Strümpfe aus, krempelte die Hose über die Knie und tauchte die Füße in den Fluss. Sie seufzte erleichtert, als das fließende Gewässer ihre Schmerzen mit sich nahm.

»Klappt das nicht auch in der Dusche, wenn du die Brause aufdrehst?«, hatte Jan gefragt.

Doch das funktionierte nicht. Womöglich wegen der Rohre, durch die das Wasser gepresst wurde.

Auf dem Rückweg ging sie in die Fußgängerzone und musterte das Schaufenster der Parfümerie.

»Mama guck mal, das Mädchen hat ein Fischgesicht!«

Die Stimme des kleinen Jungen klang begeistert. Jugendliche Gemüter waren offen für das andersartige, bevor sie mühsam zur Norm gedrillt wurden. Rasch wurde das Kind von der Mutter weitergezogen. Flossi holte tief Luft und machte einen Schritt in die Lichtschranke. Die Türen der Parfümerie glitten zur Seite. Eine perfekt geschminkte, perfekt frisierte, perfekt gekleidete Frau eilte auf sie zu.

»Womit kann ich Ihnen helfen?«

Flossi hätte gerne gefragt: Wie viel Zeit investieren Sie täglich, um so auszusehen? Was kostet das im Monat? Sind Sie jemals spontan und gehen ungeschminkt einkaufen? Ist ihr Leben so perfekt, wie Sie mich glauben machen wollen? Weinen Sie manchmal nachts im Dunkeln? Aber sie beherrschte sich und stellte keine dieser Fragen.

»Es riecht mal wieder ziemlich streng nach Fisch«, sagte die Pafümeriefachverkäuferin mit strahlendem Gesicht. Und als sie Flossis gerunzelte Stirn sah: »Das kommt vom Fischladen schräg gegenüber.« Sie wandte sich zu Flossi, ihre gepuderten Nasenflügel bebten. Für den Bruchteil einer Sekunde bröckelte ihr professionelles Lächeln, bevor es sich neu um ihren Mund sortierte. »Sie wünschen?«

Flossi nahm all ihren Mut zusammen. »Ich schwitze sehr stark«, sagte sie leise. »Und es riecht äußerst unangenehm. Ich brauche ein wirksames Deo, das möglichst nicht an ein Krankenhaus erinnert.«

Mit der Aussicht, einer an ihrem Körper leidenden Kundin eine Menge Geld aus der Tasche zu ziehen, lief die Verkäuferin zur Höchstform auf. Flossi kaufte drei von den neun Deodorants, die sie ihr vorstellte, diejenigen, die nicht süßlich rochen.

Flossi schlenderte zum Karstadt, suchte die Toilette auf und nebelte sich von oben bis unten ein. Wohlduftend und selbstzufrieden bestellte sie einen Salatteller und erntete nicht einen seltsamen Seitenblick vom Personal oder den anderen Kunden.

Von Anfang an hatte Flossi gewusst, dass es Schwierigkeiten geben würde. Man verlässt nicht mal eben so seine Heimat und glaubt, im neuen Umfeld die gleichen Bedingungen vorzufinden. Sie hatte nicht damit gerechnet, mit dem Makel der mangelnden Hygiene behaftet zu sein. Oder, wenn sie gerade dabei war, ehrlich zu sich selbst zu sein, dass der Reiz des Neuen so rasch verfliegen und die große Liebe, für die sie alles aufgegeben hatte, sich als Flickenteppich aus artigen Nettigkeiten und höflicher Beherrschung herauskristallisieren würde. Alltag war bei den Menschen eine wichtige Sache und zermürbte nach und nach jeglichen Entschluss, den man je gefasst hatte, auch wenn der Enthusiasmus noch so hochfliegend gewesen war.

»Schmeckt es nicht?« Die Kellnerin betrachtete sie mit gerunzelter Stirn. Sie schnüffelte. »Sie riechen wunderbar. Darf ich fragen, welches Parfüm Sie benutzen?«

Flossi sagte es ihr und widmete sich dann ihrem Salat, damit niemand sah, dass ihre Augen wässrig geworden waren. Jans Bemerkungen waren immer lustig gemeint, da war sie sich sicher. Aber Sätze wie »Hier kommt der Fisch, ich rieche dich« und »Hering am Morgen vertreibt Kummer und Sorgen« trugen nicht gerade zu ihrem Selbstbewusstsein bei. Auch nicht, dass er als Erstes, wenn er nach Hause kam, die Fenster aufriss, um »mal ordentlich durchzulüften«.

Flossi seufzte. Jan war verrückt nach ihrer hellen, weichen Haut. Er liebte ihr seidiges, langes Haar. Er bewunderte ihr Gesicht mit den fliehenden Konturen, Augen, Nase und Mund nicht in einer menschlich-flachen Linie, sondern seitlich angeordnet, wie bei einem Fisch. Er nannte es exotisch. Und er mochte es, dass sie so abhängig von ihm war und beäugte ihre zunehmend selbständigeren Aktivitäten mit Misstrauen.

Eine Arbeit zu finden war ein weiteres Problem gewesen, das damit anfing, dass sie als Migrantin keinerlei Papiere besaß, keinen einzigen Existenzberechtigungsnachweis. Finanziell hätte es keinen Grund gegeben, einem Erwerb nachzugehen. Als sie ihre Heimat verließ, befand sich unter ihren wenigen Besitztümern ein kleines Kästchen, eine Schatztruhe mit Perlen, Korallen und Goldstücken, dass sich von Zauberhand nachfüllte, sobald sie ein Teil entnahm. Jan wusste nichts von dem Kästchen, das war die Bedingung ihres Vaters gewesen, als er es ihr beim Abschied aushändigte. Er wollte seine Tochter trotz allem, was sie ihm antat, abgesichert wissen. Doch selbst wenn sie Jan von dem Schatz erzählt hätte, hätte das seine Meinung über die Wichtigkeit, ein produktives Mitglied der Gesellschaft zu sein, nicht geändert.

»Du musst rausgehen, Flossi, und die Menschen und das Leben in deiner neuen Heimat kennenlernen. Wir arbeiten und verdienen Geld und dann amüsieren wir uns. Du willst doch dazugehören!«

Dass sie zu Jan gehören wollte, brauchte sie nicht mehr zu beweisen. Sie hatte alles für ihn aufgegeben. Aber zum Rest der Menschheit zu gehören? Da war sie sich nicht so sicher. Das Wertesystem, mit dem die Menschen urteilten, erschien ihr fragwürdig. Warum wurde ein Obdachloser, der nur sich selbst schadete, weniger wertgeschätzt als ein Immobilienhai, der nach seinem Finanzcrash Hunderte von Anlegern mit in den Ruin riss? Warum wurde eine Krankenschwester, die sich im Drei-Schicht-System die Füße blutig rannte, schlechter bezahlt als ein Manager, der in handgenähten Schuhen oft nur sein eigenes Schäfchen ins Trockene brachte?

»Unser System ist nicht perfekt«, hatte Jan argumentiert, als sie ihn mit ihrer Meinung konfrontiert hatte. »Aber im Großen und Ganzen funktioniert es.«

Irgendwie war er verblüfft gewesen, dass sie überhaupt eine Ansicht hatte.

Flossi hatte nach Jans Anweisung das Leben angepackt. Sie hatte sich Dokumente besorgt, natürlich illegal, und er hatte sich nie gewundert, woher sie das Geld dafür genommen hatte. Sie nahm einen 450-Euro-Job als Küchenhilfe in einem Obdachlosenheim an, weil es dort einfacher war, mit ihrem auffälligen Körpergeruch durchzukommen. Sie hatte sich auf Menschenart amüsiert, hatte sich in einer Bar betrunken, auf einem Rockkonzert geklatscht, im Kino einen Film über Außerirdische gesehen und sich gefragt, wieso bei den Menschen das Interesse für das Körperliche das Verlangen nach geistigen Qualitäten bei weitem überwog. Warum scherten sich Menschen so wenig um ihre unsterblichen Seelen? Flossi war schockiert gewesen, als sie erfuhr, dass viele gar nicht daran glaubten, dass sie über so etwas wie Seelenheil verfügten. Wo doch der dümmste Fisch sie darum am meisten beneidete.

Dann machte Flossi eine Entdeckung, die sie über alle Unsicherheiten hinwegtröstete: Bücher. Obwohl ihre gefälschten Zeugnisse etwas anderes sagten, konnte sie weder lesen noch schreiben. Es war ein Wunder, dass Jan jemanden liebte, der so dumm war. Sie nahm all ihren Mut zusammen und meldete sich in der Volkshochschule bei einem Alphabetisierungskurs für

Erwachsene an. Sie begann mit Kinderbüchern und studierte die Bilder. A wie Apfel, B wie Buch, F wie Fisch und M für die ungebildete Meerjungfrau, die sie war. Jan staunte, welchen Ehrgeiz sie entwickelte. Er lobte ihre kleinen Texte, die von Woche zu Woche wortreicher und detaillierter wurden, und fand es dann gar nicht lustig, dass er sie fragen musste, was dieses oder jenes Fremdwort bedeutete.

Über ihren Gedanken war es spät geworden. Flossi suchte erneut die Toilette auf, sprühte sich kräftig ein und beeilte sich auf dem Heimweg so sehr, dass ihr die Füße schmerzten. Sie brauchte unbedingt neue orthopädische Einlagen. Die alten waren durchgelaufen und halfen nur noch bedingt bei ihren Gehproblemen.

»Da bist du ja«, sagte Jan und schnüffelte. »Neues Deo?«

»Die Bedienung im Restaurant fand es toll.«

»Ja, ist ganz okay. Ich wollte mit dir über den Urlaub sprechen. Ich möchte dieses Jahr im Sommer fahren, dahin wo es warm ist und nicht so teuer. Dann können wir auch länger bleiben.«

»Redest du von einem zweiten Urlaub?«

Jan lachte. »Das übersteigt unsere Finanzen.«

»Du weißt, dass ich meine Familie nur einmal im Jahr sehen kann. Am 31. Oktober,

Allerheiligen, wenn die Grenzen zwischen den Welten dünn sind wie Papier. Auf Sylt, wo es teuer ist, aber die Insel weit genug in die Nordsee reicht, damit sie zu mir schwimmen können.«

»Schatz …« Jan hatte seinen Sei-vernünftig-Ton angeschlagen. »Ich arbeite immerzu für uns und habe auch Bedürfnisse. Ist es schlimm, wenn du sie dieses Jahr nicht siehst?«

Flossi schluckte. Der Mann, für den sie alles aufgegeben hatte, hatte keine Ahnung, was er von ihr verlangte. »Für mich ist das so schlimm, wie du es dir nicht einmal vorstellen kannst«, sagte sie leise.

»Ach Liebes, jetzt weine nicht.« Jan zog sie in seine Arme. »Es kann doch nicht immer nur nach deinem Fischkopf gehen.«

In dieser Nacht träumte Flossi von dem Dolch in ihrer Hand. Von rotem Blut, das heiß ihre Füße benetzte und dem reißenden Schmerz, als sich ihre Beine zurück in einen Fischschwanz wandelten.

Flossi behauptete, Überstunden im Obdachlosenheim zu leisten. Sie verdiente Geld für den zweiten Urlaub, und sie hatte eine Ausrede, ihrem trauten Heim fernzubleiben. Sie hatte sich ohne Jans Wissen im Sommersemester an der Uni für den Studiengang Buchwissenschaften eingeschrieben und kam in den Seminaren sehr gut mit. Sie schämte sich dafür, ihr Glück nicht mit dem Mann zu teilen, den sie liebte. Der sie auch liebte. Auf seine Art. Die nicht mehr genug für sie war und immer weniger wurde.

Wollte sie weiter Mensch sein, musste sie bei Jan bleiben, oder sie kehrte ohne Jan als Meerjungfrau ins Meer zurück. Damals war es ihr leichtgefallen, ihre Meerjungfrauenflosse für einen Mann zu opfern, der inzwischen so kalt war wie ein Fisch. Damit hatte sie sich für alle Zeit auf Gedeih und Verderb an Jan gebunden, und von Gedeih hatten sie sich weit entfernt.

Jan tauchte ohne Verabredung an ihrem Arbeitsplatz auf. Er kontrollierte sie und durchsucht sogar ihre Sachen, empfing sie eines Abends mit dem Schatzkästchen ihres Vaters in der Hand und war empört, dass er es nicht aufbekommen hatte. Flossi wurde immer besser in Disziplinen, die typisch menschlich waren und ihr so fremd: lügen, betrügen, hintergehen. Die Ausreden glitten ihr von den Lippen wie Algenjuice. Sie hatte sich lange darum herumgedrückt, zu sehen, worauf diese Beziehung hinauslief: Verderb.

Sie wusste, was zu tun war.

»Ich habe keine Lust, im verregneten Oktober am eiskalten Strand zu stehen und mich totzufrieren«, jammerte Jan.

»Ich habe hart für unseren zweiten Urlaub gearbeitet.« Flossi blieb ruhig. »Eine Auszeit ist gut für unsere Beziehung. Wir sehen uns kaum noch.«

»Weil du deine Zeit lieber mit Obdachlosen verbringst als mit deinem Freund.«

»Der Urlaub ist eine gute Gelegenheit, über alles zu reden«, sagte Flossi. »Ich freue mich, wenn ich dich mal länger als ein Wochenende für mich habe.«

»Tatsächlich?« Jan klang ehrlich erstaunt. »Na, dann suche ich doch glatt meine warmen Unterhosen zusammen.«

Flossi hoffte, dass Jan nicht auf die Idee kam, ihren Koffer zu inspizieren. Es hatte lange gedauert, das dicke Buch so auszuhöhlen, dass sie den Destillierkolben sicher darin unterbringen konnte.

Den rauen Nordwind im Haar, Salzwassergischt im Gesicht und körnigen Sand unter den Füßen. Flossi liebte das wilde Wetter der Nordsee. Als es dunkel wurde, lief sie ohne Jan zum Strand hinunter. Unterwegs hob sie einen dicken Stein vom Straßenrand auf und steckte ihn in die Gesäßtasche ihrer Hose. Die Nacht zu Allerheiligen. Sie würde ihre Familie wiedersehen. Sie konnte es kaum abwarten, ihnen zu erzählen, was ihr in diesem Jahr widerfahren war. Die Geschichten ihrer Schwestern zu hören. Familientratsch auszutauschen. In den schweren Taschen, die sie schleppte, waren Wein, Obst und Schokolade, die leckersten Nahrungsmittel, die die Menschheit zu bieten hatte. Das Beste für die, die sie liebte.

Am Ende des Festes, als sich alle von Flossi verabschiedet hatten und zurückgekehrt waren ins Meer, blieb ihre Cousine Meju zurück.

»Du weißt, was jetzt kommt?«, fragte Meju.

Flossi nickte.

»Tradition«, sagte Meju. »Ich biete es dir an und du lehnst es ab.«

»Leg los«, sagte Flossi.

Meju zog den Dolch aus dem Futteral um ihre Hüften. »Jedes Jahr ein neues Messer.« Sie seufzte. »So eine Verschwendung.« In feierlichem Ton fuhr sie fort: »Nimm es, benutze es und kehre zu denen zurück, die dich lieben.«

»Ich bin durch meinen eigenen freien Willen an den Mann gebunden, dem ich mich geopfert habe.« Flossi nahm die Waffe entgegen. »Ich werde es bleiben bis zum Tod.« Sie hob die Klinge so über ihren Kopf, dass sie im Mondlicht blitzte, holte weit aus und warf sie ins Meer. Es platschte laut, als falle ein Stein ins Wasser.

»Das haben wir für dieses Jahr auch erledigt«, sagte Meju und umarmte Flossi zum Abschied.

Die Heimreise musste Flossi verschieben. Zuerst musste sie polizeiliche Verhöre über sich ergehen lassen und Fragen beantworten. Ihr Freund Jan war bei Eiseskälte zu einem Strandspaziergang aufgebrochen und nicht wiedergekehrt. Seine durchnässte Kleidung lag am Ufer. Von ihm gab es auch Tage später keine Spur. Hatte er ein leichtsinniges, nächtliches Bad genommen, das durch tückische Unterwasserströmungen tödlich endete?

Einer Frau, die in einem fort weinte und vor Kummer kaum laufen konnte, traute man kein Verbrechen zu. Sie durfte gehen.

Noch nie war Flossi eine so weite Strecke alleine gefahren. Ihre Füße schmerzten jedes Mal, wenn sie die Autopedale drückte. Sie brauchte unbedingt neue Einlagen.

Flossi würde zu spät zum Semesteranfang zurückkehren. Die Uni würde Verständnis haben, sobald sie von ihrem verschwundenen Freund erfuhr. Und falls sie Schwierigkeiten machten? Was, wenn sie das Studium nicht schaffte? Was, wenn sie aufflog? Und wenn sie erfolgreich wäre?

Flossi lächelte.

Es gab kein Problem, dass sie nicht lösen konnte. Alle Möglichkeiten standen ihr offen, sie konnte jederzeit nach Hause zurückkehren. Hatte Jan ernsthaft geglaubt, eine Tochter des Königs der sieben Meere würde seine fortwährenden Demütigungen klaglos hinnehmen?

Sie langte hinüber und tätschelte das ausgehöhlte Buch auf dem Beifahrersitz. Der Buchdeckel stand ein wenig ab wegen des Kühlpacks, das Flossi hineingelegt hatte. Wenn der Verkehr auf der Autobahn es zuließ, hob sie Hülle und Kühlakku an und linste darunter, als müsse sie sich versichern, dass sie noch da war: Die bauchige Glasphiole, in der träge Jans Blut schwappte.

Königin Unda

von Florian Waldner

»Schwimm mit den Fischen, Muschelhexe!«

Ein Lachen, ein Stoß, die Planke federte. Unda verlor das Gleichgewicht, fiel kopfüber. Das Meer verpasste ihr eine schallende Ohrfeige, ehe es sie mit warmem Wasser umarmte. Ihr Kleid sog sich in Windeseile voll und zog sie in die Tiefe. Unda ruderte verzweifelt mit den Armen, kämpfte dagegen an, spürte schließlich Grund unter ihren Zehen, stieß sich ab und kam prustend wieder an die Oberfläche.

Zugegeben, nicht ihr bester Abgang. Dabei hatte alles anfangs so gut ausgesehen.

Sie verschwendete keinen Blick zurück – das Schiff, die grölende Crew, die derben Witze: egal. Was jetzt zählte, war der helle, gelbe, sonnengeküsste Strand eine halbe Meile vor ihr. Mehr schlecht als recht, behindert von ihrem Kleid, hielt sie darauf zu.

Es war an einem heißen Sonnentag wie diesem gewesen, als sie ihm vor einer Spelunke auf Tortuga in die Arme gelaufen war – genauer gesagt, hatte Silver ihr völlig verkatert auf die Schuhe gekotzt. Und sie zur Wiedergutmachung gleich auf eine Buddel Rum eingeladen. Er war irgendwie charmant gewesen, trotz allem – mit unwiderstehlichem Siegerlächeln, überheblichen Sprüchen, abgerissenen Kleidern, gleich wie hundert andere Glücksritter in der Karibik. Und doch ganz anders … Und wer hätte gedacht, dass sie sich bei diesem stinkenden, verlausten Lumpen nicht nur eine Flohplage einhandeln würde, sondern auch noch ein Schiff und eine Crew?

Im Nachhinein ein Stück Glück. Ein Wort ergab das andere, ein Witz den nächsten, schließlich Prahlereien, Anzüglichkeiten und der Gang aufs Zimmer … Sie konnte noch seine Finger auf ihrer Haut spüren, die die Linien des Tattoos nachfuhren. Die Palmen, die Flüsse, die Berge. »Eine Karte«, hatte er geflüstert. Für ihn war sie keine Spinnerin, er nahm jedes Wort für bare Münze. Flints Schatz. Mehr Gold, als ein Mann im Leben verjubeln konnte. Genug, um eine Armee anzuheuern.

Um König und Königin der Karibik zu werden.

Unda spürte plötzlich Sand unter ihren Füßen, richtete sich auf, platschte schwerfällig durch die Brandung. Immer noch ein gutes Stück Weg.

Es hatten dunkle Wolken am Horizont gestanden, als sie abgelegt hatten. Im Nachhinein ein schlechtes Omen. Doch damals gab es für sie kein Warten. Sie segelten hart am Wind, vertrauten blind den Koordinaten auf ihrer Haut. Fanden die Insel.

Das X auf der Karte, verborgen in einer Höhle hinter einem Wasserfall.

Den Schatz, flankiert von den Gerippen, die einst Flint gedient hatten.

Kisten über Kisten. Vorsichtig war Unda als erste nähergetreten, hatte mit der Brechstange den Deckel einer Truhe aufgehebelt und einen verzückten Schrei ausgestoßen – Dublonen, Perlen, Diamanten. Glitzern und Funkeln im Lichte der Fackeln. Sie hatte hineingegriffen, obenauf eine unscheinbare Kette, handgeknüpft, mit Muscheln, gesammelt vom Strand. Seltsam deplatziert.

Unglauben, Gier, Hoffnung in den Blicken der Männer.

Sie brauchten Tage, um alles zurück aufs Schiff zu schaffen.

Mehr als genug für alle.

Sie hatten abgelegt, Kurs aufs Meer. Nur weg von der Insel, vom Dschungel, von den Gerippen. Und doch – wohin, wenn einem theoretisch die Welt gehört? Niemand hatte einen Plan für danach. Niemand mit einem Erfolg gerechnet. Schockstarre, die erst nach Tagen der Euphorie Platz machte. Sie hatten die Segel eingeholt, geankert, gefeiert. Lieder und Rum.

Viel Rum.

Nachts in der Kapitänskajüte. Zuerst scherzhafte Pläne zur Übernahme der Welt, absolute Freiheit für alles und jeden. König und Königin der Karibik. God fuck the King. Sie waren ausgelassen, lachten. Und doch, tief in sich drin, wusste Unda, dass Silver nicht der Mann war, zu teilen.

Heute gleichberechtigt an seiner Seite, doch morgen ...

Mit nichts als der Muschelkette und dem flackernden Licht der Laterne auf ihrer Haut hatte sie ihn aufs Bett gestoßen und sich auf ihn gestürzt. Es war ein leichtes gewesen, ihm im Kuss den Dolch, den er nie ablegte, aus dem Gewand zu ziehen. Seine letzte Rückversicherung. Meuterer, Piratenjäger, Hasardeure, man wusste ja nie. Seine Hände waren anderweitig beschäftigt. Es war die perfekte Gelegenheit.

Ein Stich und alles gehörte ihr: Schiff, Crew, Schatz.

Königin Unda.

So weit war sie gekommen. Und doch – sie hatte gezögert. Wollte nicht glauben, dass Silver sie hintergehen würde. Die Euphorie und die Hoffnung auf das perfekte Glück waren stärker. Sie hatte den Dolch unter dem Kissen verborgen, sich in seinem Kuss verloren. Ineinander verknotet waren sie schließlich irgendwann eingeschlafen.

Am nächsten Morgen: Alles vorbei. Sein Blick, kalt wie das Polarmeer. Er zog den Dolch, ein altes, abgegriffenes Ding, unter dem Kissen hervor. Die Schneide glänzte in seiner Hand, kitzelte schon kurz darauf ihren Hals. »Dachtest wohl, ich merke es nicht.« Sein Lächeln: freudlos. Kein Vergleich zu damals in Tortuga. »Hier trennen sich unsere Wege, Hexe.«

Er ließ ihr noch Zeit, sich anzuziehen.

Dann schickte er sie über die Planke.

Unda schleppte sich mühsam aus dem Wasser, durch den aufgeweichten Sand, noch kurz leckte die Brandung an ihren Füßen, dann spürte sie die Hitze der Sonne zugleich über und unter sich.

Schweratmend blieb sie stehen, ließ sich dann zu Boden fallen, auf den Rücken.

Wirklich nicht ihr bester Abgang.

Aber immerhin ein Abgang.

Sie ließ der Sonne Zeit, sie zu trocknen. Dann zog sie sich in den Schatten einer Palme zurück, lehnte sich an den Stamm und blickte aufs Meer.

Das Schiff hatte sich längst entfernt, sein Segel ein kleiner werdendes Detail am weiten und wunderschönen Horizont. Silver hatte nicht abgewartet, nicht zugesehen, ob sie es auf das kleine Atoll schaffen würde. Wozu auch?

Es lag abseits der Schifffahrtsrouten. Hier kam niemand vorbei. Was konnte sie hier schon tun, außer in der Sonne zu braten und langsam zu verhungern?

Unda lächelte.

Silver war mit allen Wassern gewaschen – und doch so schrecklich naiv. Hatte er sich nie gefragt, wie Flint an diesen Schatz gekommen war?

Sie erhob sich schnell, streifte ihr Kleid ab, all die Lagen, die einer Frau gebührten – es konnte beinahe nicht schnell genug gehen.

Um ihren Hals hing immer noch die Muschelkette. Sie nahm sie ab, prüfte die Glieder mit zitternden Fingern. Muscheln, vom Strand, in allen Formen, allen Farben, rote, gelbe, blaue, verwaschen und von der Sonne gebleicht.

Wenn sie Recht hatte ... sie sah an sich hinab. Die Tätowierung auf ihrer Haut. Die Karte. Auf den ersten Blick eine Landschaft mit Bergen, Palmen, Flüssen - doch auf den zweiten ...

Unda zwang sich zur Ruhe, atmete tief ein und aus. Dann löste sie den Knoten der Schnur, fädelte die Muscheln ab, wog sie vorsichtig in der Hand.

Sie schritt mit ihnen zurück über den Strand zum Meer und suchte sich eine Stelle, die von den Ausläufern der Wellen gerade noch liebkost wurde. Vereinzelt spürte sie Tropfen, die der Wind herantrug.

Sie kniete sich nieder, zählte die Berge auf ihrer Haut. Legte die Muscheln in der Form eines Sterns aus. Zählte die Anzahl der Flüsse und der Palmen. Wechselte dann doch die grüne Muschel mit der gelben aus, drehte die weiße vorsichtig um 180 Grad.

Ob es so stimmte?

Sie kontrollierte noch einmal die Zeichnung. Ja, doch. Das Meerwasser leckte leicht am oberen Ende des Sterns ... Was jetzt? Es fehlte doch - ja. Für eine Verbindung war auch ein Teil von ihr nötig. Jetzt hätte sie den Dolch gebraucht. Sie fluchte. Das war sogar unter Piraten eine Frechheit. Ausgesetzt nur mit dem, was sie am Leib trug. »Fick dich, Silver!« Wobei – was sie am Leib trug?

Unda sprang auf. »Bleibt, wo ihr seid«, wisperte sie den Muscheln zu. Rannte zurück zu ihrem Kleid, zerriss beinahe den Stoff, als sie es fieberhaft abtastete. Bingo. Die Nadel, mit der es hinten geschlossen wurde.

Sie rannte, stolperte zurück zu den Muscheln, fiel vor ihnen auf die Knie. Streckte den rechten Mittelfinger aus – passend für Silver – sammelte sich kurz, stach dann mit der Nadel kräftig und tief in die Fingerkuppe. Schrie vor Schmerz auf.

Tropfte ein bisschen rot auf die Muscheln.

Hielt den Atem an.

Wartete ab.

Zählte innerlich bis zwanzig.

Schnappte schließlich gleichermaßen nervös wie enttäuscht nach Luft.

Nichts.

Verdammt.

Unda raufte sich verzweifelt das dichte, schwarze Haar.

»Fick dich, Silver!«

Da, plötzlich leuchtete die weiße Muschel an der Spitze des Sterns auf. Dann die rote, die grüne, die blaue … immer weiter, bis Unda glaubte, direkt in einen Muschelregenbogen zu blicken.

Zugleich mit den Farben spürte sie einen sanften Druck, regelmäßig, einen Puls. Nicht Undas, nein, auch nicht der Welt.

Des Meeres.

Jeder Tropfen, der auf ihrer Haut landete. Jede Welle, die vor dem Atoll brach. Jede Woge, die irgendwo ein Stück Holz hob oder senkte.

Sie alle fühlte sie. Sie alle warteten.

Auf ihr Kommando.

Unda schloss die Augen. Sie sah sie alle vor sich. Die Wellen, die Wogen, die Strudel und Tiefen.

Sie öffnete wieder die Augen. Suchte den Horizont ab. Fand das Segel. »Fick dich, Silver!« Sie schnippte mit den Fingern und Wellen zugleich.

Das Segel war mit einem Mal verschwunden.

Der Schatz wieder ihrer.

Königin Unda lächelte.

Zuerst Silver – und nun die Welt.

Mondlichtbaden

von Maya Malou

Der Schein des Mondes tauchte die Umgebung in geisterhaftes Licht und warf Schatten auf den Boden, die mehr an Klauen und Monster erinnerten als an Äste und Blätter. Das Knacken des Holzes, das unter den Schritten der Jugendlichen zerbrach, glich Jammerlauten in der Stille des Waldes.

»Ey Leute, lasst uns lieber umkehren, bevor der Trainer merkt, dass wir weg sind«, murmelte Jakub.

»Sag bloß, du machst dir in die Hose«, höhnte Andriy. Darja kicherte abfällig und schmiegte sich näher an den blonden, groß gewachsenen Jungen, der gönnerhaft einen Arm um sie gelegt hatte.

»So ein Quatsch!« Jakub, war sich ziemlich sicher, dass er nicht der Einzige war, dem das stumme, düstere Gehölz um sie herum Unbehagen bereitete, je länger sie darin verweilten, doch natürlich würde er das nicht zugeben. »Ich habe nur echt keinen Bock auf Ärger mit dem Trainer. Wenn ich wegen einem nächtlichen Ausflug nicht für das nächste Spiel aufgestellt oder aus dem Camp geschmissen werde, kann ich mir das Stipendium in die Haare schmieren.«

»Ach komm, das wird nicht passieren. Ehe die merken, dass wir weg waren, sind wir schon wieder in den Betten. Darja kennt sich hier aus. Wir springen nur eine Runde in den See und dann zeigt sie uns den schnellsten Weg zurück. Hier, trink dir ein bisschen Mut an und benimm dich nicht wie ein Mädchen.«

»Lass die dummen Sprüche«, fauchte Klara und griff nach der Flasche Likör, die Andriy in Jakubs Richtung gehalten hatte, setzte sie an die Lippen und nahm einen großzügigen Schluck. »Ich kenne einige Mädchen, die mehr Eier in der Hose haben als du. Und jetzt lasst uns endlich gehen, ich werde von den Mücken zerfressen. Außerdem riecht es hier wirklich eklig. Am Ende ist hier irgendein Tier verreckt und wir treten im Dunkeln noch mitten hinein.«

Mit diesen Worten griff sie nach Jakubs Hand und zog ihn einfach mit, wobei sie es nicht ausließ, Andriy beim Vorbeigehen mit der Schulter anzurempeln.

»So eine Zicke. Warum wolltest du nochmal, dass ich einen Kumpel mitnehme?«, raunte dieser dem Mädchen in seinem Arm zu.

Jakub hörte ihre Antwort nicht mehr. Perplex ließ er sich von Klara mitziehen, zu sehr fokussiert auf ihre warme, weiche Hand, die seine fest umklammerte. Schweigend gingen sie voraus, die anderen beiden entfernten sich immer weiter von ihnen. Als die Luft nicht mehr so faulig roch und Jakub das leise Getuschel der anderen nicht mehr vernahm, räusperte er sich. »Ähm … weißt du, wo der Waldsee ist, von dem Darja gesprochen hat?«

Klara schüttelte den Kopf. »Nicht ganz genau. Ich habe in einem der zerschlissenen Bücher in der Campbücherei eine Aufzeichnung der Umgebung gefunden. Der See war in einer Karte eingezeichnet, aber das Kapitel dazu war rausgerissen. Wenn mich nicht alles täuscht, sollten wir aber bald da sein.«

Wäre es nach Jakub gegangen, hätten sie noch ewig weit von dem See weg sein können, solange er weiter Hand in Hand mit diesem tollen Mädchen laufen durfte. Klara, die er in der letzten Woche mehrfach im Camp gesehen hatte. Klara, mit den wunderschönen Locken und dem frechen Grinsen. Klara, der einzige Grund, weshalb er dem verbotenen, nächtlichen Ausflug zugestimmt hatte, als Andriy ihn überredete, mit ihm und der seltsamen Fremden schwimmen zu gehen. Die Vorstellung, mit Klara, vielleicht sogar nackt, im Mondlicht zu baden, hatte seine Bedenken in den Hintergrund rücken lassen, doch nun begann er, an dem Plan zu zweifeln.

»Hm. Sollten wir dann vielleicht nicht doch besser auf die anderen beiden warten? Immerhin ist Darja von hier. Nicht, dass wir uns verlaufen und dir noch was passiert.«

Klara blieb stehen, wandte sich ihm zu und feixte. »Soso, damit mir nichts passiert?«

Jakub spürte, wie seine Wangen heiß wurden. Das Mondlicht schien sanft durch die Baumkronen und beleuchtete ihr wunderschönes Gesicht.

Mit einem neckischen Grinsen legte sie ihre Hände auf seinen Brustkorb und schob ihn sanft rückwärts, bis er mit dem Rücken an einen Baum prallte. »Weißt du, ich bin nur zu diesem schwachsinnigen Ausflug mitgekommen, weil Andriy meinte, du bist auch dabei. Vielleicht möchte ich ja, dass *etwas* passiert«, flüsterte sie mit verheißungsvollem Tonfall und verringerte die Distanz zwischen ihnen, bis ihre Oberweite seine Brust berührte.

Japsend holte Jakub Luft, als er spürte, wie ihre Hände langsam in Richtung Bauch und noch weiter herunter wanderten.

»Du bist nicht der Einzige, der heimlich beobachtet«, hauchte Klara, dann küsste sie ihn.

Es war ein stürmischer, nach Likör schmeckender Kuss, der ein Feuerwerk in den beiden entfachte und auch Jakubs Verlegenheit endgültig wegwischte. Forschend strichen die Hände über den Körper des jeweils anderen, während ihre Zungen sich wild umschlangen. Sanft, aber bestimmt drückte Klara ihn nach unten, bis er irgendwann auf dem kühlen Waldboden lag und sie rittlings auf ihm saß.

Da durchbrach jäh eine eigenartige Melodie das Knacken des Waldes und das Keuchen der Verliebten. Jakub erstarrte. Im nächsten Moment schubste er Klara wild von sich, die mit einem erschrockenen Kreischen auf dem Boden aufschlug. Ungerührt stand er auf und schritt an ihr vorbei in den Wald.

»Sag mal hast du sie noch alle, du Arsch?!«, keifte ihm das Mädchen wütend hinterher, doch er schenkte ihr keine Beachtung. Wie hypnotisiert bahnte er sich seinen Weg durch das Unterholz, immer dem Klang folgend, der sich beim Näherkommen als fremdartiger Gesang entpuppte. Plötzlich endeten die Baumreihen in einer Lichtung und offenbarten den kleinen Waldsee, dessen dunkles, fast schon schwarz wirkendes Gewässer vom silbernen Licht der Himmelssichel beschienen wurde.

Im hüfthohen Wasser stand Darja. Sie war nackt und lächelte ihn an. »Da bist du ja«, säuselte sie und strich sich verführerisch eine Haarsträhne aus dem Gesicht, während ihr Lied zu einem wortlosen Summen wurde.

Blindlings stolperte Jakub in Richtung Seeufer.

»So ist es brav, komm zu mir.« Mit einem boshaften Grinsen beobachtete Darja wie der Junge einer Marionette gleich einen Fuß vor den anderen setzte. Schon tat er die ersten Schritte ins Nasse. Plötzlich flog ein Stein haarscharf an seinem Kopf vorbei und landete mit einem lauten Platschen knapp vor Darja im Wasser, die erschrocken zurückwich.

»Hör sofort auf damit!«, schrie Klara, während sie zwischen den Baumstämmen hervorsprang.

»Du dumme Göre«, fauchte Darja, die zu Summen aufgehört hatte und das Mädchen hasserfüllt anfunkelte.

Benommen schüttelte Jakub den Kopf. »W-wo bin ich? Was ist hier los? Und – warum bist du nackt, Darja?!«, stotterte er und taumelte rückwärts.

»Jakub, halt dir die Ohren zu. Sie ist eine Rusalka! Wenn du ihrem Ruf folgst, wird sie dich ertränken und fressen!«

»Eine was?!«, entgegnete der Junge entgeistert, während er mit aufgerissenen Augen zurückwich.

»Meine Babusja hat mir davon als Kind erzählt. Sie sind verfluchte Mädchen, die einen unreinen Tod erlitten haben und Männer in ihre Gewässer locken! Vielleicht ist sie ertrunken oder in der Woche nach Pfingsten gestorben, was weiß ich! Verdammt, steck dir endlich die Finger in die Ohren, bevor sie wieder zu singen beginnt und bloß weg von hier!«, rief sie mit angsterfüllter Stimme.

Darja kicherte höhnisch. Plötzlich begann ihr Äußeres sich zu verändern. Die rosige Haut wurde fahl, quoll auf und nahm einen bläulichen Ton an, das blonde Haar wurde zu verklebten grün-braunen Strähnen. Der Geruch nach Verwesung und Morast, den sie zuvor schon im Wald wahrgenommen hatten, verschlug ihnen den Atem. Aus milchigen Augen fixierte das Wesen die beiden Teenager, und als sie den Mund in einem verächtlichen Lächeln verzog, offenbarte sie rasiermesserscharfe Zähne.

»Sieh an, sieh an. Schlau genug, mich zu durchschauen, aber dumm genug, nicht das Weite zu suchen. Dabei warst du überhaupt nicht eingeplant. Falls ihr euren Angeber von Freund sucht, er ist bereits da, wo ich ihn von Anfang an haben wollte: Ertränkt am Grunde des Sees, wo er nur darauf wartet, von mir gefressen zu werden. Aber seit euch versichert, ich habe ihm zuvor noch ein paar nette Augenblicke mit mir vergönnt. So, wie ich es auch mit dir machen werde, Jakub. Aber erst, nachdem ich dieses törichte Stück ertränkt habe!« Mit einem schrillen Kreischen schoss die Kreatur auf Klara zu, die im letzten Moment zur Seite sprang.

»Jakub, lauf!«, schrie das Mädchen. Dann rannten sie in den Wald.

Klara wusste nicht mehr, wie lange sie durch das Unterholz gehastet war. Spinnenweben hatten sich in ihren Locken verfangen, Äste voller Dornen blutige Striemen in Gesicht und Arme gerissen und den Stoff ihres Sommerkleides zerfetzt. Die Panik hatte all ihre Empfindungen vernebelt.

Endlich wagte Klara es, stehen zu bleiben. Zitternd und schwer atmend lehnte sie sich an einen Baum. Ihr Brustkorb hob und senkte sich hektisch und das Atmen schmerzte in den Seiten. Wimmernd sah sie sich um. Sie wusste nicht, wohin sie gerannt war, wollte sie doch einfach nur so viel Abstand wie möglich zwischen sich und dieses wahrgewordene Schauermärchen bringen. Nun hatte sie jegliche Orientierung und auch Jakub verloren. Niemals hätte sie für möglich gehalten, dass die Geschichten ihrer Babusja mehr als düsterer Volksglaube waren. Was, wenn es in diesem Wald noch mehr Kreaturen gab, die es auf sie abgesehen hatten?

Ein Knacken hinter ihr ließ das Mädchen zusammenzucken. Das darauffolgende, leise Murmeln ließ schlagartig einen Teil der Anspannung von ihr fallen.

»Jakub!«, rief Klara erleichtert und rannte in die Richtung, in der sie seine Stimme vernommen hatte. »Ich hatte solche Angst«. Vor Erleichterung liefen ihr Tränen über das Gesicht und sie warf sich in seine ausgestreckten Arme. Doch als sich der feste Griff des Jungen um sie schloss, lies sie der beißende Geruch von Moder und Verwesung würgen. Eiskalte Hände schlossen sich wie ein Schraubstock um ihre Kehle und nahmen ihr die Luft zum Atmen.

Das Gesicht von Jakub begann sich zu verformen und offenbarte die Fratze der Rusalka. Sie lächelte Klara eisig an. »Wo wir gerade so nett beisammenstehen: Es war die Hand meines *Liebsten,* als er erfuhr, dass ich sein uneheliches Balg unter dem Herzen trug. Der Ruf seiner Familie war wichtiger als mein Leben und so ertränkte er mich. Du aber, *Klarinka,* stirbst in der Woche nach Pfingsten.«

Das Erste, was Klaras milchige, tote Augen erblickten, waren zwei leblose Jungen am Grunde des Sees, deren Gesichter für immer zu einer angsterfüllten Maske erstarrt waren. Für einen kurzen Augenblick zuckte die Ahnung einer Erinnerung durch ihre Gedanken, dann wurden diese von einem einzigen, dominanten Gefühl verdrängt: Hunger! Gierig schlug sie ihre Zähne in den kalten Körper, durchbohrte Sehnen und Muskeln. Schluckte Fleisch, Haar und Haut. Eine Artgenossin gesellte sich dazu und schenkte ihr ein blutverschmiertes Lächeln. »Willkommen in meinem See, *Schwester.*«

Rheinpirat

von Diandra Linnemann

Überraschenderweise war die Kläranlage nicht zu riechen, obwohl ich nur wenige Schritte entfernt auf einer Buhne im Rhein stand. Ein Wunder moderner Filtertechnik. Oder vielleicht hatte ich einfach nur Glück mit dem Wind. Wobei Wind ja immer so eine Sache ist. Mit der Räucherkohle half er definitiv nicht – und ich fror mir die Finger ab. Aber ich würde mein Ritualzubehör ganz sicher nicht noch einmal den ganzen weiten Weg vom Hardtberg herschleppen. Die Busverbindung stinkt – wenigstens an einem Montagmorgen um vier: Der einzige Zeitpunkt, an dem man hier unten möglicherweise keine Angler trifft. Wenn man Glück hat.

Was ich zu dieser gottlosen Zeit hier wollte, fragst du dich? Da bist du nicht allein. Und die Antwort ist so einfach wie überraschend: Rheingold.

Ja, genau. *Das* Rheingold. Krimhild, Siegfried, die Zwerge. Guck nicht so! Dass es noch niemand gefunden hat, heißt ja nicht, dass es das nicht gibt. Die moderne Technik mag zwar versagt haben, doch ich hab' mir ausgerechnet, dass Magie durchaus noch den einen oder anderen Vorteil bringen kann. Gut, die Uni hab' ich nicht abgeschlossen, aber das ist ja nur eine Formalität. Solange sie mich nicht erwischen.

Zurück zu meinem Montag auf der Buhne. Ich musste überhaupt erst einmal googlen, wie man diese Dinger nennt. Eigentlich ein aufgeschütteter Steg aus Erde und Kies und mickrigen Büschen, der in den Rhein hineinragt. Ein Paradies für Angler und Studenten mit Einweggrill und billigem Bier. Und für mich, wenn ich so weit wie möglich vom Rheinwasser umgeben sein will. Die Alternative wäre ein Boot gewesen, doch ganz unter uns: Ich werde ziemlich schnell seekrank.

Da stand ich also, frierend, mit aus den falschen Gründen qualmender Räucherkohle und einem so gerade eben notdürftig in den Boden gekratzten Pentagramm. Wer hätte denn auch gedacht, dass ein Stück Erde mitten im

Fluss so trocken sein kann? Egal, das war schon das größte Stück Arbeit. Wenigstens wurde es schon hell. Ich hatte eine Kette aus Schüsseln mit Rheinwasser einmal quer über der Buhne platziert, um wirklich mitten im Wasser zu zaubern - sozusagen. Jetzt bemühte ich mich, nicht darüber zu stolpern. Ich hatte dieses geniale Ritual gefunden: Reichtum zu sich fließen lassen. Ein Wunder, dass da vor mir noch niemand drauf gekommen war. Natürlich musste man zwischen den Zeilen lesen und die Zutaten ein wenig modifizieren. Schließlich wollte ich Gold und nicht - was weiß ich - Salz oder Schwermetalle oder was auch sonst in manchen Kreisen gerade als besonders wertvoll gilt. Aber mit dem Ehering meiner Großmutter - gehabe sie sich selig - als Katalysator[1] würde das schon klappen. Und nachdem ich noch etwas rotes Sandelholz auf die Räucherkohle gelöffelt hatte, konnte ich mich endlich zurücklehnen und darauf warten, dass meine Schäfchen ins Trockene gehopst kamen. Ich faltete meinen Klappstuhl auseinander, wickelte mich in eine karierte Wolldecke und schloss die Augen. Das Plätschern der

[1] *Ich weiß, wenn man es genau nimmt, funktioniert ein Katalysator anders. Aber als Erklärung für Magie-Laien muss das eben reichen. Vertraut mir.*

Rheinwellen und die frühe Morgenstunde erledigten den Rest.

Keine Ahnung, wie lang ich so weggetreten war. Auf jeden Fall veränderte sich das Wellengeräusch. Etwas Großes schlappte über die Steine.

Ich war sofort knallwach.

Das musste ein schlechter Traum sein!

Vor mir stand eine Art … gut, möglicherweise könnte man es als Mensch bezeichnen. Als sehr nassen Mensch. An manchen Stellen ohne Fleisch. Und mit einer Muschel an der Backe.

Ich fiel vor Schreck mit dem Klappstuhl hintüber. »Was … woher … Weiche von mir, Dämon!«

»Dämon? Hamse dir ans Holzbein gepinkelt oder was?« Die nasse Gestalt kam nähergehumpelt und sah sich aufmerksam um. »Is'n das da?«

Ich war zu alt, um würdelos auf dem Boden herumzukriechen. Also kam ich würdelos ächzend wieder auf die Füße. Unwesentlich besser. Mein Steißbein tat weh. Ein Windstoß trug mir das olfaktorische Bouquet meines Besuchers zu. Reif. Ich hustete. »Das ist die Kläranlage.«

»Komisches Ding.«

Bei näherer Betrachtung bemerkte ich, dass die Kleidung des Fremden, sofern sie noch vorhanden war, ziemlich altmodisch aussah. Er trug noch einen derb geschnitzten Holzschuh. Der andere war offenbar mitsamt Fuß in den Rheinfluten verschwunden.

Was tut man in so einer Situation? Ich war komplett überfordert. Klar gibt es Regeln dafür, wenn man die Toten beschwört, aber ich hatte ja nicht … also, nicht direkt. Eigentlich gar nicht. »Was machst du hier?«

»Was fragste mich das? Hast mich doch gerufen.«

Mein Blick wanderte über die Reste des Rituals. In den Rillen des Pentagramms sammelte sich die Suppe, die aus dem ungebetenen Gast tropfte. Meinen Plan konnte ich wohl vergessen. Mit einem Seufzer stellte ich den Klappstuhl wieder auf und ließ mich in die dünnen Polster fallen. »Das war anders geplant. Wie heißt du?« Für Formalitäten konnte ich keinen Grund erkennen.

»Pitt. Du?«

»Andreas.«

»Wo sind wir?«

»Bonn.«

Pitt sah sich um und schnalzte mit dem, was von seiner Zunge übrig war. Etwas krabbelte zwischen den Muskelfetzen seines linken Arms hinauf und verschwand in der Tiefe.

Mir wurde flau im Magen. Ich beschloss, nicht darüber nachzudenken. Beim Wegsehen bemerkte ich, dass an seinem Ohrläppchen etwas funkelte – ein Ohrring! Wie seltsam, dass der nicht fortgewaschen worden war. Eine Ahnung überkam mich. »Ist das Gold?«

»Hmm? Ach, der. Natürlich.« Umständlich hockte Pitt sich neben dem Pentagramm nieder. Er hatte ein wenig Schlagseite. Ein Schwall Wasser ergoss sich über den Boden und warf das Räuchergefäß um. Zischend erlosch die Kohle. Ein letztes Aufbäumen des Sandelholz-Aromas tat wenig, um die Duftsituation zu verbessern. »Macht man so. Für Notfälle.«

Was für Notfälle konnte ein Untoter aus dem Wasser denn bitte haben? Ich schiebe es auf meine Übermüdung, dass ich erst mit Verspätung verstand. Natürlich – der Ohrring war für Notfälle zu *Lebzeiten* gedacht gewesen. »Bist du … ertrunken?« Keine Ahnung, wie ich das hätte sensibler verpacken sollen.

Zum Glück störte Pitt sich nicht an meinem Mangel an Fingerspitzengefühl. »Joah.«

Ein gesprächiger Typ, genau mein Ding.

Eine Weile sahen wir auf den Fluss hinaus. Am gegenüberliegenden Ufer ging die Sonne auf. Ein Gastanker schob sich lautlos an uns vorbei. Kurz darauf änderte sich das Wellenprofil.

»Das sind ganz andere Schiffe«, sagte Pitt ins Nichts. »Welches Jahr haben wir?«

»2024.«

Ich beobachtete ihn halb besorgt, halb – aus anderen Gründen besorgt.

Wieder Schweigen. Dann: »Bin wohl ein ganzes Stück flussabwärts getrieben. Weißte, wir hatten einen Plan. Da war dieser Kaufmann, dem wollten wir helfen. Man sagt doch: Eher kommt ein Kamel durch ein Nadelöhr als ein Reicher ins Reich Gottes. Mein Kapitän war ein feiner Bursche. Hat immer drauf geachtet, dass nur das Notwendige passiert. Aber beim letzten Mal hatten wir wohl Pech. Ham die Felsen übersehen. War auch eine verflucht dunkle Nacht.« Er zog mit dem Finger eine Pentagrammlinie nach. »Und was macht du so? Bist du ein Hexer?«

»Student der Magie, zwölftes Semester«, antwortete ich leichthin. »Das ist heute ganz normal.«

»Seltsame Zeiten. Warum bist du so früh morgens nicht in der Akademie? Oder noch im Bett?«

Ich zögerte. Es erschien mir wie ein Wunder, dass noch niemand sonst auf diesen grandiosen Plan gekommen war. Den sollte ich nicht einfach so ausplaudern. Andererseits ... mit wem sollte Pitt schon reden? Und falls er tatsächlich eine weite Strecke zurückgelegt hatte, konnte er mir vielleicht weiterhelfen. »Hast du schon einmal vom Rheingold gehört?«

Er nickte. »Da hamse sich schon zu meinen Lebzeiten in die Fluten für gestürzt. Beklopptes Volk. Natürlich gibt es Reichtümer auf dem Fluss, aber die kann man sich nicht ertauchen – die muss man sich erkämpfen!« Er schnaubte.

»Du hast also nichts in die Richtung gesehen?«

»Hömma, Bürschchen, ich hab' gar nichts gesehen. Bis du mit diesem Abrakadabra angekommen bist. Dann war da plötzlich Schlamm und dieser eine glitschige Aal, und dann war ich hier. Von Rheingold hab' ich nichts gesehen. *Sowas* lag ganz in der Nähe!« Er wies Richtung Ufer, wo ein paar Fahrräder am Geländer festgeschlossen waren.

Für diesen Morgen konnte ich mir den schnellen Fluss des Reichtums wohl von der Backe putzen. Wenigstens wusste ich, dass die Idee grundsätzlich funktionierte. Es musste Pitts Ohrring gewesen sein, den ich gerufen hatte. Gold ist Gold. Frust und Enthusiasmus bildeten eine seltsame Mischung hinter meinem Brustbein. »Und was machen wir jetzt?«

»Was du machst, weiß ich nicht. Ich geh wohl ... wobei ... ist ja sozusagen ein Notfall.« Pitt sah mich mit milchigen Augen an. »Tust du mir einen Gefallen?«

Mein Hirn stolperte. Problem! Ich wusste, ich hätte nicht allein für einen wilden Zauber so früh morgens herkommen sollen. »Was … schwebt dir vor?«, fragte ich vorsichtig.

Pitt nestelte an seinem Ohr. Er streckte die Hand aus. Ich sah etwas glitzern. »Hier. Der müsste reichen. Für eine Beerdigung.«

»Beerdigung?« Ich war komplett überrumpelt.

»Beerdigung.« Pitt sprach langsamer, als sei ich auch etwas langsamer. »In gesegneter Erde. Das macht ihr doch noch, oder?«

»Klar, aber ... wieso?«

»Damit so ein Käse hier nicht wieder passiert. Stell dir vor, du schläfst endlich in aller Ruhe den Schlaf der Gerechten, und dann ruft dich so ein Knisterfister und du musst schauen, wie du zurande kommst. Nee, das mach' ich nicht noch einmal mit.«

»Darf ich?« Mit spitzen Fingern pflückte ich den Ohrring von Pitts Hand. Er war angelaufen und ein wenig schleimig. Und er war auch nicht nur aus Gold. Ein klarer, vielfacettig geschliffener Stein glitzerte in einer kunstvoll ziselierten Fassung.

»Meinst du, das reicht?«, fragte Pitt. Ein Hauch von Sorge schwang in seiner Stimme mit.

Ich war mir nicht sicher, was der aktuelle Goldpreis war. Bestimmt eine ordentliche Hausnummer, allein dafür müsste man ihn schon unter die Erde kriegen. Die Handwerksarbeit und der historische Wert dieses Schmuckstücks allerdings waren ein ganz anderes Kaliber. Und wenn ich mich nicht irrte, was den Stein anging ... sagen wir so: Auch wenn ich durch die Abschlussprüfung fiele, hätte sich das Magiestudium nach dieser Sache definitiv gelohnt.

»Ich mach's.«

»Gut.« Pitt seufzte und hörte einfach auf. Er sackte in sich zusammen, als sei die Luft aus ihm gelassen worden. Vielleicht hatten nur die Erinnerung und meine Magie ihn zusammengehalten. Die letzten Reste Gewebe platschten auf den Boden und rutschten die Felsen hinab ins Wasser. Zurück blieben Stofffetzen und feuchte Knochen, die längst nicht so weiß waren, wie ich erwartet hätte.

Seit ein paar Tagen ruhen Pitts Knochen nun also in einem Karton in meiner Wohnung. Ich bin noch nicht sicher, wie ich das richtig anstelle. Schließlich habe ich ohne Lizenz Magie gewirkt, das kann Ärger geben. Ich brauche also eine gute Geschichte dafür, wie ich an diese Knochen gekommen bin und warum ein wohlmeinender Pfarrer sie in geweihter Erde bestatten sollte. Den Ohrring habe ich schon schätzen lassen, das lohnt sich auf jeden Fall. Verkaufen will ich ihn erst, wenn ich meinen Teil der Abmachung erledigt habe. Nenn es ruhig Aberglaube. Aber ich schwöre, ich kann Pitts Stimme aus dem Wandschrank hören. Hoffentlich hört das bald auf. Es fängt an, mich nervös zu machen.

Blinder Augenblick

von Michael Schwendinger

Gluckern. Unaufhaltsamer Hunger, kein Hase hat jemals genügt. Nie.

Sie spazierten und sprachen davon, wie sonderbar das Wasser beleuchtet sei – in diesem weichen warmen Ton –, auf dem sich der Abend herbstlaubrot widerspiegelte.

Mit schwarzblinden Augen erblickte ich nichts, spürte und hörte sie aber, ganz nah.

Sie sagten, wie glücklich sie seien, sich gefunden und es gewagt zu haben, endlich dem Blick ihrer Eltern zu entgleiten, samt deren Zwist über ein unmögliches Zusammensein. Das Mädchen streifte mit den Händen sacht das Schilfgras – es musste das Mädchen sein, so sanft ihre Berührung war. Der Bursche trat festen Schrittes auf den Grund, um sie zu führen, um sie zu leiten. Vielleicht in den lichten Wald, aus dem ein Duft nach Harz und Honig hauchte. Doch hier schwiegen die Bäume, streckten ihre Wurzeln tief.

Die beiden erzählten sich, was sie in diesem Mond unternommen hatten, um sich nahe zu sein und mir. Sie lachten glockenblumenhell und sprachen davon, wie bezaubernd dieser Sommerabend sei und wie besonders die Lichter im Wasser. Der Schuh des Mädchens berührte mich. Es musste das Mädchen sein.

Der Bursche zerknickte einen Ast, riss ihn ab, stocherte emsig umher. Ein Krieger, das Schwert in geübter Hand. Sie kicherte, noch wolkenhöher nun. Unterdessen schreckte er Unken aus dem Dickicht hervor. Nass und mit gegerbten Häuten, versanken dann in der Stille.

Die beiden begutachteten mich, ihr Atem ganz nah und ihr Herzschlag.

Wind in den Weiden, ohne Honigduft, dafür den von feuchter Erde.

Das Mädchen fragte, erhielt jedoch keine Antwort. Sie fragte nach dem Grund des Lichts, nicht nur jenes auf den spiegelblinden Augen, sondern in der Tiefe, tiefer noch als die Wurzeln der Bäume. Ihr Begleiter stakste von einem Inselchen zum nächsten, seine Stiefel schmatzten im Takt seiner Schritte. Das Mädchen fragte, ob er sie denn nicht sehe, die Lichter, wie gefallene Sterne im Dunkel. Ihre Finger erzitterten mich. Sie kippte herab, ein Schwarm Krähen stob in den Himmel.

Sie schlug und schrie so hell, ihre Beine traten Wasser, fanden keinen Halt in mir. Der Bursche rannte herbei, stolperte im Schlick, ergriff ihre Hand. Doch mein Rachen war offen, mein Schlund zu tief, seit Anbeginn der Zeit.

Ihr Körper erlahmte, kraftlos gegen mein Schlingen, nur noch ein Hauch auf den Lippen. Der tapfere Krieger zerrte und zerrte. Doch war sie es, die zog, gemeinsam mit mir.

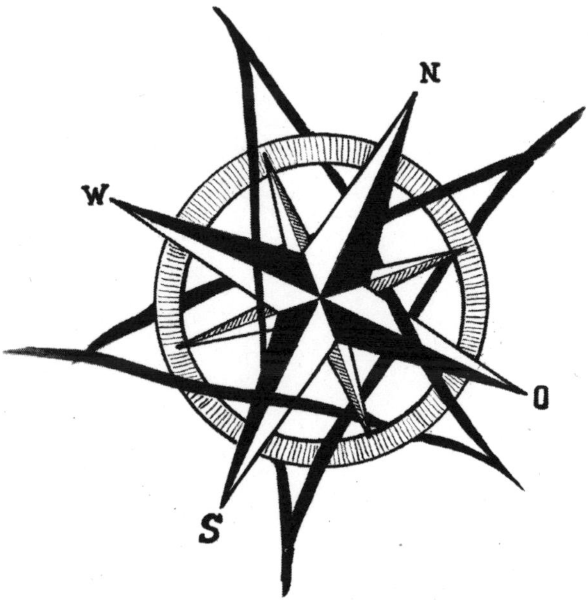
N
W
O
S

Sucht mich!

von Adrian van Schwamen

Zwischen 1957 und 1971 wurden mehrere Glasflaschen mit ähnlichen Nachrichten an verschiedene Küstenabschnitte des Atlantiks gespült. Erst in den 90er Jahren wurde der Versuch unternommen, alle Versionen der Nachricht zusammenzutragen. Das folgende Transkript entspricht der längsten und mutmaßlich letzten der Nachrichten.

Sucht mich! Ich weiß nicht, wo ich bin, und habe keinen Anhaltspunkt außer dem endlosen Meer. Deshalb schreibe ich alles auf, was einen Hinweis geben könnte, wo man mich suchen muss.

Sie haben mich gefasst, als ich am Hafen in Hamburg vom Steg gepisst habe. Bis heute weiß ich nicht, wer sie überhaupt waren. Meine letzte Erinnerung waren die Lichter eines einfahrenden Schiffs, ein Kreuzfahrtschiff, vor dem tiefschwarzen Nachthimmel. Es müsste der 3. März gewesen sein, aber da bin ich mir nicht sicher. Sie haben mir einen Sack über den Kopf gestülpt, die Hände verbunden und mich der Länge nach in einen Wagen geworfen. Während der kurzen Fahrt fühlte es sich an, als müsste es ein kleiner Transporter gewesen sein. Er klang alt, kam kaum vom Fleck.

Sie führten mich auf ein Schiff. Schon am Knarzen der Masten erkannte ich, dass es ein Segelschiff sein musste. Ein Verdacht, der sich erst lange später bestätigen sollte. Keine zehn Pferde würden mich auf ein Boot bringen, hatte ich immer von mir behauptet. Diese Leute belehrten mich eines Besseren.

Unsanft wurde ich in eine kleine Kajüte geschmissen. Ich kann nicht sagen, wie lange ich gefesselt und mit dem Beutel über dem Kopf dort lag. Mit den Füßen ertastete ich schließlich eine Pritsche. Unter schwersten Bemühungen hievte ich mich hoch, damit ich wenigstens weich liegen konnte. Gegen den starken Wellengang half das nur wenig. Ich wurde seekrank, kotzte in den Beutel. Um nicht in meinem Erbrochenen zu schlafen, ließ ich den Kopf etwas über die Kante hängen.

Irgendwann kam jemand rein. Der Sack wurde mir vom Kopf gezogen, die Handfesseln gelöst. Sehen konnte ich noch immer nichts. In der Kajüte war es stockfinster. »Der hat seinen Beutel vollgekotzt«, rief der Mann vor mir. Im fahlen Licht aus dem Gang konnte ich lediglich seine breite Statur und den dichten, grauen Vollbart erkennen. Lachen war zu hören. Die Tür knallte hinter dem bärtigen Mann zu, das Gelächter wurde gedämpfter.

Ich versuchte, mich mit den Händen zu orientieren. Ich ertastete neben der Pritsche einen Stuhl und einen Tisch. Auf dem Tisch stand ein Metallkrug mit Wasser. Zumindest verdursten lassen wollten sie mich nicht. Unter dem Tisch stand ein Eimer mit etwas Sand am Boden. Das einzelne Bullauge an der Bordwand ließ sich in der fast vollständigen Dunkelheit nur als ein dunkelblauer Kreis erahnen.

In der kommenden Zeit zählte ich die Tage, indem ich Striche in die Wand unter der Pritsche ritzte. Zunächst nutzte ich einen scharfkantigen Knopf meiner Hose. Den nahmen sie mir jedoch weg, als ich ihn beim Erhalt meiner spärlichen Ration versehentlich aus meiner Hosentasche fallen ließ. Von da ab nutzte ich meine langen Fingernägel.

Zwölf Tage lang konnte ich zur Linken des Schiffs Land sehen. Es könnte Frankreich gewesen sein, oder sie sind vor dem Ärmelkanal abgebogen und an den britischen Inseln vorbeigefahren. Kreidefelsen habe ich keine gesehen. Allerdings hatte ich nachts oft das Gefühl, dass Kursänderungen vorgenommen wurden. Ich bin kein Seefahrer, also mag ich mich irren, aber im Schutze der Dunkelheit hörte ich die schneller werdenden Schritte, und die Balken und Masten ächzten immer stärker.

Am 15. Tag entriegelten sie das Bullauge für mich und gaben mir einen Trichter. Ich dürfe jetzt meinen Unrat, den ich im Eimer sammelte, den sie nur sehr unregelmäßig austauschten, in Zukunft selbst ins Meer entsorgen. An Flucht war nicht zu denken. Bevor ich dünn genug wäre, um durch das Bullauge hindurchzukommen, wäre ich längst verhungert. Aber vermutlich war es die Entfernung vom Festland, die meine Entführer dazu bewog, mich meine Kacke selbst wegmachen zu lassen. Ich schätze, dass an diesem Tag von keiner Seite des Schiffes mehr Land zu sehen war. Flucht durch Schwimmen kam also sowieso nicht infrage.

Am 19. Tag gaben sie mir Bettwäsche und alte Kleidung, nahmen mir allerdings meine eigene.

Kurze Zeit später hörte ich ein Platschen vor meinem Fenster und sah, dass nacheinander meine Kleidungsstücke an Gewichte gebunden von Bord geworfen wurden. Die Wahl, dies direkt über meiner Kajüte zu tun, schien mir nicht zufällig.

Neben meinen Klamotten hatten sie mir auch meinen wertvollsten Besitz genommen, den ich noch hatte: eine silberne Kette mit einem massiven Anhänger, die ich um meinen Hals getragen hatte. Der Anhänger war eine Götzengestalt, die sich kaum logisch beschreiben ließ. Flossen, Tentakel, Flügel und unförmige Augen lassen kaum zu, diese Figur zu benennen. Aber es war ein Meereswesen, da bin ich mir sicher. Das wäre auch sehr passend. Die Kette hatte ich von meinen Eltern bekommen, kurz bevor beide bei einer Segelfahrt auf hoher See spurlos verschwanden.

Der bärtige Mann, der bei Tageslicht nur bedingt freundlicher aussah, mich jedoch zuverlässig am Leben gehalten hatte, schien beim Anblick der Kette vor Erregung zu beben. Die Kleidung hatte ich in Ruhe ablegen dürfen. Die Kette hingegen wurde mir abrupt vom Hals gerissen. Noch immer habe ich eine Narbe am Hals, wo sich die Kettenglieder in meine Haut gefressen haben.

In der Nacht zum 21. Tag begann der Gesang. Ich konnte nicht schlafen und hörte stundenlang den leisen Gesang einer tiefen Stimme mit viel Bass und wenig rhythmischem Gespür. Zwischen Worten und Lauten in einer fremden Sprache, die ich nicht identifizieren konnte, mischten sich auch immer wieder Brocken auf Deutsch: Schwarze Quelle, ewiger Abgrund, zentrales Chaos.

In der folgenden Nacht waren es schon mindestens zwei Sänger. Wieder eine Nacht später mischte sich eine Frauenstimme in den Gesang. Mehr und mehr Lichter von Deck erhellten die nächtliche See und aus den wenigen Sängern wurde im Laufe weniger Nächte ein sonorer Chor, der eine grässliche, widernatürliche Melodie in die endlose Schwärze der Nacht entließ. Bei einer Gelegenheit spiegelten sich die Sterne auf der See und mir war, als würden Augenpaare aus den Wellen heraus das Treiben an Deck beobachten.

In einer Nacht (zu zählen hatte ich inzwischen aufgehört, da ich mir nicht mehr ganz sicher war, ob und wie oft ich es bisher vergessen hatte) blieb das Licht schließlich aus. Eine Wolkendecke, die den ganzen Tag schon schwer über der See lag, machte die Finsternis vollkommen.

Über mir hörte ich Schritte. An der Bordwand hörte ich ein Scharren. Die Schritte an Deck wurden schneller, das Scharren kam näher an mein Fenster. Geräusche, die sich nur als matschig oder schlammig beschreiben ließen, zogen an meiner Kajüte vorbei nach oben. Ich hörte Rufe, Schreie, hastige Schritte. Ein lauter Knall, als wäre ein schwerer Sack zu Boden gefallen. Pistolenschüsse fielen. Das ganze Schiff begann auf der friedlichen See zu wanken. Ein riesiger Tumult schien an Deck auszubrechen. Holz und Balken zerbarsten, Schreie erstickten, schwere Gegenstände klatschen unbarmherzig auf die glatte Meeresoberfläche. Irgendwann war es still.

Gebannt lauschte ich auf weitere Geräusche, doch alle Rufe waren verstummt und kein Schritt brachte mehr die Böden zum Knarzen. Stille, in der nur das seichte Schwappen des Wassers an den Schiffsrumpf zu hören war.

Unnatürlich laut schien mir das Schnappen des Türschlosses hinter mir. Die Tür blieb zu und ich bewegungslos auf der Pritsche. Es könnten Stunden gewesen sein, die ich so verharrte, bis die Sonne aufging. Irgendwann fasste ich meinen Mut und ging zur Tür. Sie ließ sich öffnen.

Sofort stieg mir ein metallischer Geruch in die Nase. Ich machte die ersten Schritte aus meiner

Kajüte, seit ich vor über einem Monat dort eingesperrt worden war. Ein schmaler Gang und eine steile Treppe führten mich an Deck des Schiffes, das ich nun als Viermaster erkannte. Auf dem Boden erkannte ich glänzende Blutpfützen. Blutspritzer bis an den Saum der weißen, rissigen Segel, zu hoch, um sie erreichen zu können. Frische Splitter ragten fast rundherum aus der Reling. Einer der Masten sah aus, als hätte etwas mit unbändiger Kraft versucht, ein Stück aus dem Holz zu reißen. Es grenzt an ein Wunder, dass er sogar jetzt, wo ich diese Worte schreibe, noch steht. Von der Crew fehlte jegliche Spur. Einzig den bärtigen Mann konnte ich noch finden. Mit beiden Händen an ein Treppengeländer gefesselt, das zum Steuerrad führte, kniete er, als wollte er den Tod selbst noch um Vergebung bitten. In seinen offenen, blutigen Händen lag auf einem Tuch meine Kette mit der Götzenfigur, deren Augen mich anzustarren schienen. Ich legte die Kette um und verschaffte dem Mann eine angemessene Seebestattung, stieg die Treppe rauf und stellte mich an das Steuerrad. Um mich herum war nichts außer das Meer.

Ich schreibe diesen Brief nun zum 27. Mal. Ich merke, wie ich mit jeder Version mehr ausschweife, mehr ins Detail gehe und vor allem:

mehr von dem erzähle, was ich mich gescheut hatte, im ersten Brief zu schreiben. Zu groß war die Angst, dass man die Nachricht als Scherz ansieht. Aber eigentlich habe ich nichts Schreckliches gesehen, nichts von dem verstanden, was in den Nächten gesungen wurde. Auch wenn ich oft versucht habe, die Worte dieser fremden Sprache niederzuschreiben – einige von ihnen hörte ich wieder und wieder. Aztur oder Hasthur? Tulu oder Chulu? Ist es Olmyror oder Ulmiehrrur, der aus dem ewigen Abgrund gestiegen kam, aus der schwarzen Quelle geboren wurde? Meine Sprache kann nicht wiedergeben, was ich alles gehört habe. Man mag mich für verrückt halten, für wahnsinnig. Die See mag mich mürbe gemacht haben, aber wenn du, der das hier liest, zumindest eine Sache glauben mag, dann bitte das: Ich treibe irgendwo auf dem Meer, auf einem Schiff, das ich nicht steuern kann. Die Vorräte an Bord sind leer, aber dennoch werde ich überleben. Jeden Morgen finde ich irgendwo an Deck frisches Wasser und etwas zu essen, Meeresfrüchte und Fische. Es geht mir gut und ich bin augenscheinlich allein, fühle mich aber nicht einsam. Ich fühle mich dem Meer verbunden. Gehe ab und zu Schwimmen. Zu Beginn immer mit einem Seil, das ich mir um den Fuß gebunden habe.

Doch mit der Zeit wurde ich stärker. Wasser fühlt sich gut an. Ich schwimme inzwischen schneller, als das Schiff bei starkem Wind treiben kann. Ich kann unter dem Schiff durchtauchen, der Breite, aber auch der Länge nach.

Sucht mich! Ich warte, solange es nötig ist, auch wenn der Gedanke, hier zu bleiben, von Tag zu Tag erträglicher wird.

Von den im Brief genannten 27 Nachrichten wurden 21 gefunden. Sechs Versionen sind im Bestand des Archivs der Christoph-Wagner-Universität in Ulenfurt. Ein Schiff, das vor allem in Bezug auf die Zerstörung den Beschreibungen entsprach, wurde 1985 vor der Küste Portugals treibend gefunden. Es befand sich niemand an Bord, weder lebendig noch tot. In einer kleinen Kajüte fand man einen angefangenen Brief, der nach den ersten drei Worten abbrach: Sucht mich nicht!

Der See

von Franziska Hesse

Im blassen Schein des Mondlichts wirkte der See so friedlich. Eine leichte Brise ließ die Wasseroberfläche erzittern, sodass die Spiegelung des Sternenhimmels zu funkeln schien.

»Wir können nicht länger hierbleiben«, hatte Jessi gesagt. »Max braucht ein anderes Umfeld. Es geht nicht anders, Linda.«

Linda hatte nichts darauf erwidern können. Wie so oft in ihrem Leben waren ihr die Worte ausgegangen. Wie so oft hatte sie einfach geschehen lassen.

Sie hatte knapp drei Jahre so gut wie keinen Kontakt zu Jessi gehabt, bevor diese sie plötzlich um ein Treffen bat. Obwohl nur wenige Jahre zwischen ihnen lagen, waren die beiden sich nie wirklich nahe gewesen. Jessi hatte von

Kindesbeinen an kaum stillsitzen können und verbrachte auch in ihrer Jugend die meiste Zeit außer Haus. Linda hingegen bevorzugte den Rückzug in ihre eigene Gedankenwelt. Oftmals konnte sie Stunden damit verbringen, die blanke Wand anzustarren und in fremde Welten zu versinken oder einfach nur den Geräuschen des Hauses zu lauschen. Einzig das Schwimmen im See vermochte sie in einen ähnlichen Gemütszustand zu versetzen. Linda brauchte das Wasser wie die Luft zum Atmen. Den See zu verlassen, erschien ihr wie ein Ding der Unmöglichkeit. Sie schaffte es gerade mal ein paar Jahre in der Stadt, bevor es sie zurücktrieb. Zu diesem Zeitpunkt war Jessi bereits hunderte Kilometer fortgezogen. Sie telefonierten nur selten und sahen sich noch seltener. Nach dem frühen Tod ihres Vaters drohte die Verbindung zwischen ihnen endgültig abzubrechen, bis zu jenem Tag, an dem Jessi erneut in der kleinen Küche ihres gemeinsamen Elternhauses saß und Linda eröffnete, dass sie schwanger war.

Es war der Moment, der alles änderte. Linda selbst hatte nie Kinder gewollt, wollte sie auch jetzt nicht. Doch die Erkenntnis, dass sie Tante werden würde, rührte etwas in ihr. Ein Gefühl, eine Entschlossenheit, besser zu werden. Ihr ganzes bisheriges Leben war vom Versagen geprägt gewesen, von Verlust und Tatenlosigkeit. Doch für dieses neue Leben, welches sich da plötzlich anbahnte, wollte sie alles geben. Für Linda war es keine Frage, dass Jessi zurück nach Hause ziehen konnte, dass sie für ihre Schwester da sein würde. Die gemeinsame Vorbereitung auf die Geburt schien etwas zwischen den Schwestern zu formen, das zuvor gefehlt hatte. Zum ersten Mal in ihrem Leben fühlten sie sich tatsächlich verbunden.

Max wurde in einer regnerischen Oktobernacht geboren. Linda war sofort fasziniert von ihm, diesem kleinen Menschen, dieser absoluten Unwahrscheinlichkeit. All die schlauen Bücher, die sie in Vorbereitung auf diesen Moment gelesen hatte, halfen ihr nicht über das erste Gefühl vollkommener Hilflosigkeit hinweg, als sie Max das erste Mal im Arm hielt. Anstatt zu verzweifeln, wie Linda es so oft in ihrem Leben getan hatte, fühlte sie sich plötzlich von ungeahnter Energie durchzogen. Sie konnte es sich nicht leisten zu grübeln, nicht wenn Max schrie und Jessi mit der Heilung beschäftigt war. Max interessierte sich nicht dafür, ob sie müde war, ob sie sich mit ihren eigenen Unzulänglichkeiten quälte, ob sie gerade einfach keine Lust hatte, schon wieder aufzustehen. Er teilte seine Bedürfnisse freimütig mit. Für Linda war es eine Art Befreiung, sich nicht mehr mit sich selbst und dafür gänzlich mit Max auseinandersetzen zu können.

Das kalte Wasser schwappte über ihre nackten Zehen. Für die meisten war es bereits zu spät im Jahr, um noch im See zu schwimmen, doch Linda registrierte die Wassertemperatur kaum. Das Wasser war ihre zweite Natur. Da der See direkt vor ihrer Tür lag, hatte sie so früh wie möglich darauf bestanden, Max ans Schwimmen zu gewöhnen. Schlechtes Gewissen kroch ihr gemeinsam mit der Kälte des Wassers die Beine hinauf. Wenn sie ihn nicht so früh auf den See fixiert hätte, wäre er dann niemals ...?

Ihr Vater hatte sie stets davor gewarnt, nachts im See zu schwimmen. In der Dunkelheit locke seine spiegelglatte Oberfläche mit schicksalsverheißenden Versprechungen. Es wäre ein leichtes, sich in ihm zu verlieren. Linda hatte diese Warnungen nie ernst genommen. Natürlich rieten Eltern ihren Kindern, niemals des nachts im See zu schwimmen, denn so konnten leicht Unfälle passieren. Doch Linda hatte bereits unzählige Male in der Dunkelheit im See gebadet, ohne diese unheilvolle Anziehung unter der Oberfläche zu spüren. Seit jener Nacht jedoch hatte sich ein Gedanke in ihr eingebrannt: War es jene Anziehung gewesen, die Max aus seinem Bett getrieben hatte? Etwas musste ihn dazu verleitet haben, aufzuwachen, wo er doch sonst so gut wie jede Nacht durchschlief. Etwas hatte ihn auf den Flur getrieben, vorbei am Bad, wo Jessi friedlich in der Wanne gelegen hatte, die Treppe hinunter und am Wohnzimmer vorbei, wo Linda nach einem halben Glas Wein auf dem Sofa eingeschlafen war. Eine von ihnen – die Schwestern konnten es hinterher nicht mehr rekonstruieren – musste vergessen haben, die Schiebetür zum See hinaus abzuschließen. Linda hatte nicht gehört, wie sie zur Seite gezogen wurde. Erst Jessis panische Rufe hatten sie aufgeweckt.

Was folgte, war ein Albtraum. Sie waren nach draußen gestürmt, um Max kleinen Körper auf der trügerisch ruhigen Oberfläche des Sees treiben zu sehen, das Gesicht im Wasser versenkt. *Zu spät,* hatte Linda gedacht, *wir kommen zu spät.* Sie hatte sie wieder gespürt, die altvertraute Lähmung. Erst Jessis Sprung ins Wasser hatte Linda in Bewegung versetzt. Danach war alles schnell gegangen, die Rückkehr an Land, der Notruf, die Fahrt ins Krankenhaus. *Zu spät,* hatte es in Lindas Gedanken gehallt. *Zu spät, zu spät, zu spät.* Doch sie sollte eines Besseren belehrt werden. Max ging es gut. Wie durch ein Wunder schien ihm die Zeit im Wasser kaum geschadet zu haben. Jessi hatte geweint, als sie Max, klein und blass, wie er war, in seinem Krankenbett liegen gesehen hatte. Sie hatte ihn fest an sich gedrückt und er hatte sich ebenso fest an sie geklammert, während Linda bloß danebengestanden und zugesehen hatte.

Später, als sie wieder zu Hause waren, hatten sie versucht, Max zum Reden zu bewegen. Was hatte ihn dazu gebracht in den See zu gehen, obwohl er doch genau wusste, dass er nicht einmal allein das Haus verlassen sollte? Doch Max hatte kaum zwei Worte sprechen wollen, hatte nur vehement den Kopf geschüttelt, wenn sie den See erwähnten, und sich an seiner Mutter festgehalten. Auch sonst war er nicht von Jessis Seite gewichen, während er Linda kaum wahrnahm. Das hatte zwar wehgetan, allerdings hatte Linda durchaus Verständnis dafür. Er hatte etwas Schreckliches erlebt, natürlich wollte er bei seiner Mutter sein. Geplagt von ihrem eigenen schlechten Gewissen und einfach nur heilfroh darüber, dass es Max gut ging, hatte Linda sich jeglichen Kommentar verboten.

Es hätte ein einmaliger Schrecken in ihrem sonst so ruhigen Leben bleiben können, doch in der ersten Nacht nach dem Zwischenfall begannen die Albträume. Linda wurde durch Schreie aus dem Schlaf gerissen – Max' Schreie. Sie stürmte in Max' Zimmer, wo Jessi bereits an seiner Bettseite kniete und versuchte, ihren Sohn zu wecken. Max, der schreiend um sich schlug, ließ sich durch nichts wecken, nicht durch die Stimme seiner Mutter, nicht durch das grelle Licht der Deckenlampe, nicht durch sanftes Rütteln an seiner Schulter. Im Gegenteil, er schien sich noch mehr in seine Hysterie hineinzusteigern, brüllte nun regelrecht, seine Stimme von der Anstrengung schon ganz rau. Gerade als Linda ein weiteres Mal den Krankenwagen rufen wollte, erschlaffte Max endlich und begann, wieder ruhiger zu atmen, auch wenn sich die Anstrengung weiterhin auf seinem Gesicht abzeichnete.

Dieses Verhalten sollte sich Nacht für Nacht wiederholen. Max schlief scheinbar friedlich ein, begann irgendwann in der Nacht jedoch, zu brüllen und sich zu winden. Jessi und Linda eilten zu ihm oder verließen gar nicht erst seine Bettseite, waren jedoch hilflos darin, ihn zu wecken oder sein Leiden zu mindern. Auch ärztlicher Rat half ihnen nicht weiter. Physisch gesehen war Max in einwandfreiem Zustand. Das Problem musste psychischer Natur sein, doch schnelle Hilfe war kaum in Sicht. Während sie auf einen Termin warteten, vergingen weitere Nächte, in denen Max schrie und schrie. Linda fühlte sich furchtbar deswegen, doch am liebsten hätte sie sich jedes Mal die Ohren verstopft oder wäre aus dem Haus gerannt, wenn sie die Schreie hörte. Der Schlafmangel, das schlechte Gewissen, das Adrenalin, welches durch ihren Körper schoss, sobald sie Max hörte – das alles zerfraß sie langsam. Doch wenn sie sich schon so fühlte, wie musste es Jessi dann erst gehen? Und Max, der das alles durchleben musste, dessen Körper Nacht für Nacht gebeutelt wurde? Linda brach es das Herz, wenn sie ihren Neffen von Krämpfen geschüttelt sah, doch gleichzeitig schlich sich ein furchtbarer Gedanke in ihren Hinterkopf – ein Gedanke, den sie sogleich hätte verwerfen müssen, der sich jedoch hartnäckig festsetzte. So, wie Max schrie und brüllte, klang kein Kind, egal wie schlecht es ihm ging. So klang kein *Mensch*. Der Gedanke trieb ihr Eis in ihre Adern, doch sie wagte es nicht, Jessi darauf anzusprechen. Es musste der Schlafmangel sein, ihr eigener katastrophaler mentaler Zustand. Denn dass Max in den See gegangen war, das wusste Linda, war ihre Schuld gewesen. Jessi hielt es ihr nie vor, tatsächlich hatte sie

Linda bereits versichert, dass sie keine Schuld traf, doch Linda wusste es besser. Es war ihre Aufgabe gewesen, Max vor dem See zu beschützen. Sie hatte versagt.

Jessi bemühte sich weiterhin darum, Hilfe für ihren Sohn zu erhalten, doch ihre Möglichkeiten waren begrenzt. In einer größeren Stadt mit spezialisierten Kliniken, so wurde ihr geraten, würde Max effektiver behandelt werden können. Darüber hinaus stand die Vermutung im Raum, dass die Nähe zum See Max schadete. Noch immer wollte er nicht darüber reden, wollte nicht einmal aus dem Fenster hinaus zum Wasser sehen. Wenn der See eine so große Quelle von Max' Ängsten war, dann musste er zumindest für die Dauer seiner Heilung Abstand von ihm nehmen. Jessi schien überzeugt davon. Vielleicht klammerte sie sich auch nur an die Hoffnung, dass es ihrem Sohn besser gehen würde, jedenfalls war ein Umzug beschlossene Sache. Linda war herzlich eingeladen, mit ihr zu gehen, doch das hätte bedeutet, den See zurückzulassen. Den See, der versuchte hatte, ihr das Liebste auf der Welt zu nehmen, an den sie Max verraten hatte ... Sie konnte ihn nicht einfach verlassen, auch wenn sie sich selbst dafür verachtete. Sie hatte zugelassen, dass Max zu Schaden kam, und nun würde sie ihn und Jessi auf eine andere Art verlieren. Die Bestrafung erschien angemessen.

Das Wasser umschlang sie nun bis zur Brust. Linda stieß sich vom Boden ab und schwamm einige kraftvolle Züge. Beim Schwimmen konnte sie alles um sich herum vergessen, ihre Sorgen und Ängste. Doch heute war es anders. Heute ließen ihre Gedanken sich nicht treiben, vielmehr schienen sie zielgerichteter denn je. Wie so oft dachte sie an Max, an den Moment, der ihn in dieses Wasser getrieben hatte. Hatte er ihn auch gespürt? Diesen Drang, der sich irgendwo hinter Lindas Brustbein breitgemacht hatte, der sie heute, in der Nacht vor Jessis und Max' Auszug, in den See geführt hatte?

Einer Eingebung folgend, tauchte Linda unter die Wasseroberfläche. Als Jugendliche war sie oft zum Grund des Sees geschwommen. Es war schon einige Zeit her, seit sie es das letzte Mal probiert hatte, und doch kam ihr der Grund in dieser Nacht seltsam weit entfernt vor. Wie viele Züge war sie bereits in die Tiefe geschwommen? Das wenige Licht um sie herum wurde immer spärlicher, doch der Grund war nicht zu sehen. Etwas war nicht in Ordnung – so tief war der See nicht, nirgendwo. Linda wusste, dass sie auftauchen sollte, doch sie konnte nicht. Der Drang hinter ihrem Brustbein zog sie weiter in die Tiefe, und obgleich sie wusste, dass es eine fatale Idee war, ließ sie es geschehen. Gerade als sie sich fragte, wieso ihr nicht die Luft ausging, spürte sie es. Eine Veränderung, ein Wandel.

Wo auch immer sie sich befand, sie war nicht mehr auf dem Weg zum Grund des Sees. Und doch war sie unverkennbar *im* See. Der See schien sie förmlich zu durchdringen. Sie verstand nun, dass sie ihren Atem nicht mehr anzuhalten brauchte, dass sie sich ganz frei und leicht durch das bewegen konnte, was sie für Wasser hielt. Während sie sich all dessen noch bewusst wurde, tauchte es plötzlich vor ihr auf. Linda verharrte in ihrer Schwebe, unfähig, auch nur einen weiteren Muskel zu rühren. Sie hatte keine Ahnung, wie sie es sehen konnte – jeder Logik folgend, hätte es hier kein Licht geben sollen. Jeder Logik folgend, hätte sie schon längst ertrinken müssen. Erstarrt blickte Linda auf das, was sich am Grund befand – am wahren Grund des Sees. Was sich dort vielleicht schon immer befunden hatte, von Anbeginn der Zeit, außerhalb der Zeit. Die Seele des Sees, oder vielleicht das, was die Seelen nichtsahnender Schwimmender in ihren Bann zog. Das, vor dem ihr Vater sie vor all den Jahren gewarnt hatte. Sie starrte diese Kreatur an, diese absolute Unwahrscheinlichkeit, die sich ihr nun offenbarte.

Sie hatte kein Gesicht, jedenfalls keines, welches Linda wahrnehmen konnte. Ihr Körper schien aus einer einzigen großen, pulsierenden Masse zu bestehen, schien sich konstant zu verformen und neu zu bilden. Linda versuchte, diese Bewegungen nachzuvollziehen, doch ihr Magen zog sich dabei krampfhaft zusammen und sie musste wegschauen. Unzählige tentakelartige Gebilde sprossen aus der Masse heraus, lang und dünn. Sie endeten in etwas, das Linda zunächst für Geschwüre hielt, bis sie es erkannte: Menschen. Das waren Menschen, in den Fängen dieser Kreatur. Panik stieg in ihr auf. Die verlorenen Seelen des Sees. Wie viele mussten das sein, über die Jahrzehnte, die Jahrhunderte hinweg? Sie wirkten, als würden sie schlafen, als könnten sie jeden Moment ihre Lider öffnen und schreien … Und dann sah sie ihn.

Max. Das war Max. Wie konnte das Max sein, wenn Max doch oben, an der Oberfläche, sicher in seinem Bett schlief?

Die plötzliche Realisation trieb einen stummen Aufschrei aus ihrer Kehle. Das, was sie aus dem See geholt hatten, war nicht Max gewesen. War niemals Max gewesen. Max war hier gewesen, die ganze Zeit. Mit einer schrecklichen Finalität nahm Linda erneut die ganze Szene vor sich auf, die Kreatur, die Menschen in ihren Klauen, Ewigkeiten hier unten und doch so gut erhalten. So lebendig. Die Kreatur hatte sie zu sich gerufen, nach und nach. Und Max - Max hatte niemals eine Chance gehabt. Von dem Moment, als er den Ruf des Sees gehört hatte, war er verloren gewesen. Wie viel von diesem Albtraum um ihn herum hatte er mitbekommen? Hatte er Schmerzen, hatte er Angst? Spürte er seinen Doppelgänger an der Oberfläche? *Waren das seine verzweifelten Hilfeschreie, die sie Nacht für Nacht hörten?!* Linda musste ihn retten, musste ihn zurück zur Oberfläche bringen, zu Jessi. Sie musste Jessi warnen, vor dem, was vorgab, ihr Sohn zu sein.

Die Kreatur schien sich ihrer nun gewahr zu werden. Vielleicht agierte sie auch bloß aus Instinkt heraus. Ein neuer Tentakel bahnte sich einen Weg aus der brodelnden Masse, schwebte Linda entgegen. Sie wusste, dass sie Angst haben müsste, doch eine seltsame Ruhe überkam sie. Die Kreatur, so wurde ihr nun bewusst, konnte sie nicht gegen ihren Willen festhalten. Doch sie würde auch keine der gefangenen Seelen freigeben, niemals. Linda konnte sich ihr noch entziehen, sich selbst retten, das alles hinter sich lassen. Doch Max hier unten zu lassen, allein und verzweifelt, war für sie unvorstellbar. Es war ihre Aufgabe, ihn zu beschützen. Sie hatte ihn nicht vor dem See beschützen können, sie hatte ihm nicht das Leben ermöglichen können, das ihm zustand, doch gerade jetzt würde sie ihn nicht im Stich lassen. All die Male, die sie in ihrem Leben beiseitegestanden und tatenlos zugesehen hatte, zogen an ihrem inneren Auge vorbei: die Enttäuschungen, die missglückten Freundschaften und Beziehungen, die Entfremdung von Jessi. Doch dieses eine Mal würde sie nicht einfach zusehen und geschehen lassen, dieses Mal würde sie eine Entscheidung treffen. Vielleicht würde der See von ihr ebenfalls eine Doppelgängerin erschaffen, eine bessere, eine verlässlichere Linda, die mit Jessi und Max gemeinsam ein neues Leben anfangen konnte. Sie jedoch würde hierbleiben, bei Max. Sie würde über ihn wachen, damit er keine Angst mehr haben brauchte. Den Blick auf ihren Neffen gerichtet, löste sie ihre Starre und ließ sich sanft in den ausgestreckten Arm der Kreatur gleiten. Das letzte, was sie sah, bevor die allumfassende Unendlichkeit sie einhüllte, war Max' friedlich schlafendes Gesicht.

Die Gezeitenfeste: Salz und Blut

von Catrina Seiler

»Glaubst du die Geschichte, Cutter?« Harts Stimme klang hohl im Wind, fast verweht, bevor er die Frage beendet hatte.

Cutter sah den jungen Mann an seiner Seite an. Die Kälte stach wie tausend Nadeln in ihre Gesichter, während der salzgeschwängerte Wind ihnen die Tränen in die Augen trieb. Harts Wangen waren rau und wund, und jede Böe schien ihm etwas von seiner Gestalt zu rauben. Auch Cutter spürte, wie der Wind an ihm nagte. Salzkristalle setzten sich in den Rissen seiner Wangen fest, jede Böe rieb sie tiefer in die Haut, als wollte die Luft ihn häuten.

Es gibt dort nichts.

Am Abend zuvor war nichts da gewesen — nur die schwarze Weite des Meeres. Am Morgen ragten die drei Türme der Festung in den Himmel wie die verrotteten Zähne eines ertrunkenen Riesen, auf einer Halbinsel, die vorher noch nicht dagewesen war. Das Meer war ein gutes Stück entfernt – fast so, als würde es zögern, sie zu verschlingen. *Wieder.*

Seit Sonnenaufgang marschierten die sechs Soldaten und ihr Hauptmann darauf zu, immer den Blick auf die Feste gerichtet. Die Lampen klapperten, manchmal ächzte einer unter dem Gewicht der mitgebrachten Seile. Niemand sprach es laut aus, aber jeder dachte es: Sie sollte nicht da sein.

»Die Geschichte?« Cutter lachte und das Salz kratzte in seinem Rachen. »Glauben muss ich sie nicht. Ich sehe die Feste vor mir.«

»Gestern war sie nicht da.«

Sie folgt den Gezeiten der Sterne. Der alte Mann hatte es eine fremde Ebbe genannt. Unsinn, wenn man Cutter fragte, so etwas gab es nicht – und Shaw, ihr Hauptmann, sah es genauso.

»Es liegt bestimmt am Nebel.« Cutter schlug den Kragen seines Mantels hoch, obwohl er wusste, dass es nichts nutzte, und blickte zu den steilen Klippen hinauf, die den Strand säumten. »Der hängt oft tief in dieser Bucht.«

»Wir sollten umkehren.«

»Geh zurück, wenn du willst.« Cutter schnaubte. »Aber du weißt, was Shaw gesagt hat: Dort gibt es Schätze, die nur einmal in hundert Jahren zu holen sind. Das reicht mir. Und das Geistermärchen des Fischers?« Er machte eine abfällige Handbewegung. »Leeres Geschwätz.«

»Und wenn es stimmt?«

»Wir sind Soldaten.«

Harts Lippen wurde schmal, dann sah er wieder zur Feste und ließ das Gespräch ruhen. Nur das monotone Knirschen ihrer Stiefel auf dem feuchten Sand begleitete sie, während sie sich der Festung näherten. Ihr Umriss wuchs mit jedem Schritt, bis die ersten zerklüfteten Felsen der Halbinsel vor ihnen aus dem Strand ragten. Sie waren schwarz wie Obsidian und Cutter blickte auf das Watt hinaus. Die Priele schimmerten silbern, leuchteten wie Narben in der Haut des Meeres, das sich weit zurückgezogen hatte. *Zu weit.* Es war, als hätte das Meer Platz gemacht — Platz für das Ding, das dort oben stand.

»Männer!« Shaw deutete auf den Pfad vor ihnen.

Niemand sprach. Wortlos arbeiteten sich die Männer nach oben. Ihre Hände glitten über den nassen Felsen, glitschig von Algen und gespickt mit scharfkantigen Muscheln. Ein falscher

Tritt und der Sturz hätte einem die Beine aufgeschlitzt. Cutter biss die Zähne zusammen, der salzige Wind trieb ihm den Speichel in die Mundwinkel. Er schmeckte Blut.

Auf halber Höhe der Klippen erreichten sie ihr Ziel. Der Eingang zur Feste. Riesige Steinquader bildeten einen breiten Bogen, das Licht erreichte nicht einmal die Mitte des Durchgangs und Cutter fröstelte.

Der erste Geruch traf ihn wie eine schlaffe, nasse Hand im Gesicht. Faulig. Feucht. Irgendwas zwischen vergorenem Seetang, totem Fisch und dem ranzigen Aroma offener Eingeweide. Er fuhr sich mit der Hand über die Nase, aber der Gestank blieb, kroch in seine Kehle wie ein ungebetener Gast.

»Scheiße …«, murmelte Hart. »Was ist das?«

»Fische«, antwortete Cutter und spuckte in den Sand, als ob das helfen würde. »Fische und alles andere, was lange genug im Wasser bleibt, bis es verschwindet.«

Sie betraten die Feste. Der Sand unter ihren Füßen wich grobem Stein, rissigen Platten, die mit Schmutz, grünen Algen und feuchten Krusten bedeckt waren. Am Ende des Hofs wartete ein weiterer Zugang, auf den Shaw zielstrebig zuging. Keine Tür, vermutlich war das Holz längst weggefault. *Alle hundert Jahre.* Cutter schauderte und Shaw führte sie in das Gemäuer. Feuchte Luft hüllte sie in eine innige Umarmung, legte sich in die Falten ihrer Mäntel und kitzelte ihre Nacken. Wasser tropfte, es klang wie das leise *Plock ... Plock ... Plock* eines undichten Dachs und Cutter spähte an die Decke. Durch die nur handtellergroßen Fenster fiel kaum Licht ein, in der schummrigen Dämmerung konnte er nicht viel sehen. Überall waren Flecken, große, dunkle Flecken, die sich wie Schwärme von Tintenfischen über die Decke zogen. *Algen.*

In der Mitte des Raumes zögerte Shaw, seine Silhouette im Halbdunkel kaum mehr als ein Schattenriss. »Teilen wir uns auf«, befahl er. »Zwei Mann nach links, zwei nach rechts. Marsh, Drennan — mit mir in die Mitte.« Er sah Cutter an, bevor er in Harts Richtung nickte.

»Besser nicht«, sagte Cutter, ohne Hart aus den Augen zu lassen. »Halte nicht viel davon, uns aufzuteilen.«

»Hältst du viel davon, ohne Beute zurückzukommen?« Shaws Tonfall war gelangweilt, ohne jeden Biss, doch gerade das machte ihn so scharf.

Cutter spuckte noch einmal aus. »Feine Beute, wenn du den Kopf verlierst.«

»Dann behalt ihn.« Shaw wandte sich ab.

»Komm schon«, flüsterte Hart, und Cutter fühlte den Griff seiner Hand an seiner Schulter.

Sie mussten den Befehl befolgen. Sie zündeten die mitgebrachten Lampen an, und Cutter entschied sich für den rechten Gang. Hart blieb ihm so nah, dass er seinen Atem beinahe spüren konnte. *Wie ein Kind, das im Dunkeln den Mantel seines Vaters greift.*

Der Gang vor ihnen verengte sich bald zu einem schmalen Schlund, sodass Cutter immer öfter gegen die unregelmäßig gehauenen Steine stieß. Auch die Decke hing so tief, dass er den Kopf einziehen musste, während die Schritte ihm immer schwerer fielen, als würde er durch zähen Schlamm waten. Er ließ den Lichtschein den Korridor entlanggleiten. Die Bodenplatten hatten eine ungesunde grünschwarze Farbe. Keine Türen. Keine Fenster. Die Luft wurde stickig, der Geruch von Verwesung stärker. Cutter konnte ihn regelrecht schmecken, als würde der Gestank mit seiner Zunge verschmelzen. Es war nicht nur Fisch. Etwas anderes mischte sich darunter, eine widerliche Süße, die ihn an die Zeit an der Mauer erinnerte, an die Berge von Toten, die sich im Graben auftürmten, und bei diesem Gedanken legte sich etwas Schweres um sein Herz. Dann merkte er, dass Hart ihm nicht mehr folgte. Er drehte sich um, hob die Laterne ein wenig an. »Was ist?«

Hart stand ein gutes Stück entfernt, der Schein der Lampe tauchte sein Gesicht in unheilvolles Gelb.

»Hörst du das?«, flüsterte Hart.

Cutter runzelte die Stirn. *Nichts.* Nur das Plätschern von Wasser irgendwo hinter ihnen. Es war so leise, dass Cutter sein Herz hören konnte, einen dumpfen, hämmernden Schlag.

Dann –

Flüstern.

Nicht klar, sondern wie Stimmen, die durch Wasser drangen. Wie Keuchen, das nie zu einem Atemzug wurde, und Cutter senkte die Lampe. Er lauschte. *Was ist das? Wo kommt es –*

»Da unten«, sagte Hart leise, als hätte er Cutters Gedanken gelesen. »Es ist unter uns.«

»Unter uns?« Cutter schnaubte. »Das ist nur Wasser, Hart. Gezeiten, Strömungen. Sie schieben die Steine. Das kennst du doch.«

Aber seine Worte klangen zu laut in dem Dämmerlicht, zu scharf gegen die Stille, die nicht da war, und er wusste nicht, ob er das nicht gesagt hatte, um sich selbst zu beruhigen. Welches Wasser? Er hatte es vorhin gesehen. Das Meer war fort. *Doch dieses Flüstern –*

Cutter blickte auf den Boden. Die Steinplatten waren glatt, mit Algen bewachsen und stellenweise rissig. An den Fugen glitzerte das Wasser wie Schweißperlen. Cutter hob den Fuß und trat auf eine der Platten. Ein dumpfes, hohles Geräusch hallte durch den Korridor.

»Siehst du?« Er hob die Hände, das Licht flackerte, als wäre alles damit gesagt. »Nasser Boden. Hier ist alles nass. Hast du Algen in den Ohren?«

Hart schwieg. Er stand wie versteinert da, den Blick auf die Wand gerichtet, als stünde er seinem schlimmsten Feind gegenüber.

»Hart!«, rief Cutter. »Es sind nur Steine und Wasser!«

»Sie singen«, sagte Hart leise.

»Was?« Cutter schüttelte den Kopf. Das Licht zuckte über die Wände und warf tanzende Schatten, die die seltsamsten Formen annahmen. Hände. Gesichter. Cutter spürte, wie etwas Kaltes seinen Rücken hinabglitt – langsam, wie eine nasse Fingerspitze, die jeden Wirbel einzeln zählte. Sein Atem stockte, als das Flüstern wieder einsetzte, leiser diesmal, und er blickte zur Mauer. Algen, Tang, ein seltsam behauener Stein – ein Oval. Fast wie ein Auge, das ihm leer entgegensah. *Sie kennen die Gesänge des Meeres.* »Singen? Hör mal, du hast den Mund voll mit Geistergeschichten, seit wir das Dorf verlassen haben. Das ist der Wind.«

»Das ist kein Wind.« Harts Stimme war kaum mehr als ein Hauch. »Hör zu, Cutter. Hör einfach zu.«

Cutter wollte es nicht. Er wollte nicht zuhören. Aber das Flüstern war da. Es war nicht das Rauschen des Meeres, nicht das Seufzen des Windes, das durch die Gänge jagte. Es war rhythmisch. Ein Auf und Ab. Fast wie Atemzüge.

Er hielt die Luft an.

Anâ ... mâra ... venâs ...

Cutter sah zu Hart. »Hör auf damit.«

»Ich?« Harts Augen schienen groß und weiß im flackernden Licht. »Ich sage gar nichts!«

Ein Schlag. Dumpf, von unten. So plötzlich, dass Cutter zusammenzuckte. Das war keine Einbildung. Der Boden unter ihnen bewegte sich. Es war kein scharfer Stoß, sondern ein schweres, drückendes Schieben. Wie ein langsamer, fester Druck, der durch die Steinplatten wuchs, als ob etwas darunter sich aufbäumte, und plötzlich war da Hart.

Der junge Mann packte Cutter am Arm und zog ihn von der Platte weg. »Da ist was.«

»Unsinn!« Cutter schüttelte ihn ab, wieder tanzte das Licht über die Wände und Hart taumelte kurz.

Anâ … mâra … venâs …

»Felsen, Wasser, was auch immer.« Cutter schnaubte. Dennoch spürte er den Schweiß kalt auf seiner Stirn und schmeckte ihn salzig auf seinen Lippen. Angestrengt sah er auf die Platte. Das konnte nicht sein. Das hatte er sich eingebildet. Vorsichtig trat er einen Schritt vor. Seine Sohle sank ein, nicht viel, aber genug, dass sein Herz einen Schlag aussetzte. Seine freie Hand schnellte zur Wand, um sich abzustützen, die Laterne flackerte wieder, aber seine Finger fanden keinen Halt auf dem feuchten Stein.

»Zurück«, wisperte Hart. »Geh zurück.«

Venâs …

Der Schrei zerriss die Dunkelheit, und erschrocken sah Cutter dorthin, wo er die Quelle vermutete. Erneute Stille überkam den Gang.

»Das war Rook«, flüsterte Hart. »Ich habe ihn erkannt.«

»Du hast gar nichts erkannt«, sagte Cutter scharf und hob die Laterne ein Stück an. Harts Augen waren vor Schreck geweitet, seine Wangen weiß mit roten Sprenkeln. »Das war … nur ein Echo. Das sind die Gänge, hörst du?« Er spürte die weiche Stelle unter seinem Schuh, trat zurück und blickte auf den schwarzen Spalt. *Nicht hier stehen bleiben. Nie stehen bleiben.*

»Nein, das war Rook. Ich kenne seine Stimme. Kein Mann schreit so, Cutter. So schreit nur ein Mann, der ...« Er folgte Cutters Blick zu dem Riss im Boden, der immer breiter zu werden schien, je länger man ihn betrachtete. Ein Zucken ging durch den glänzenden Schimmer, als atme etwas darunter.

»Hör auf, Hart!« Cutter riss sich von der Fuge los, packte den anderen Mann am Kragen und sah ihm direkt ins Gesicht. »Hör mir zu! Es gibt keine Geister, hörst du? Keine Flüche, keine Stimmen aus der Erde. Das ist der Wind, das ist das Wasser, das vom Meer kommt, und das da« – er nickte in die Richtung, aus der sie gekommen waren – »war einer von den anderen, der sich den Fuß verstaucht hat oder in ein Loch gefallen ist.«

Hart schüttelte den Kopf, sein Blick wanderte über Cutters Schulter, als könne er in der Dunkelheit hinter ihnen etwas erkennen. Seine Lippen zitterten. »Es war ein Schrei, Cutter. Und das Flüstern ...« Seine Stimme brach.

Venâs ...

»Nur der Wind«, wiederholte Cutter, aber in seinem Nacken stellten sich die Haare auf, das Kitzeln wurde zu einem kalten Brennen. Seine Lüge kam zu spät.

Venâs ... mâra ...

Diesmal war es klarer. Das Wispern aus der Dunkelheit wurde zu einer Stimme, sanft und verführerisch. Cutter ließ Hart los, er wich zurück, und unter seinen Füßen fühlte sich der Boden weich und nachgiebig an, schloss sich wie Schlick um den Schuh, wenn man kurz nach der Ebbe ins Watt trat.

»Siehst du?« Hart flüsterte leise, als würde jedes laute Wort ihre Anwesenheit verraten. Aber wem? Sie standen in einer alten Festung, die plötzlich aus dem Meer aufgetaucht war. »Das sind sie, Cutter. Die Frauen. Die, von denen er uns erzählt hat.«

»Der alte Säufer aus dem Dorf?« Cutter ballte die Hände, bis die Knöchel weiß hervortraten, und umklammerte die Laterne fester. »Das war nur eine Schauermär, Hart. Eingemauerte Jungfrauen, so ein Blödsinn! Der Kerl wollte uns einen Schrecken einjagen. Mehr nicht!«

»Warum höre ich sie dann?« Hart schüttelte kaum merklich den Kopf, seine Lippen zuckten bei jedem weiteren Wort. »Warum hören wir sie beide?«

Wollte er es nicht verstehen? Cutters Finger schmerzten vor Kälte und er verfluchte Shaw für diese Idee. Verdammtes Gold. Warum glaubte

Shaw, hier etwas zu finden? Die Schatzkammern dieser uralten Festung mussten längst geplündert worden sein.

»Weil …«, begann er, aber die Worte wollten ihm nicht über die Lippen kommen. Warum nur? Seine Kehle fühlte sich plötzlich trocken an. Er schluckte, sein Blick wanderte zur dunklen Decke, dann zum schlammigen Boden und schließlich wieder zu Hart. »Weil unser Kopf uns verarscht, das ist alles. Schatten und Geräusche, das macht dein Gehirn verrückt. Du kennst das, Hart. Wir haben Dörfer niedergebrannt und nachts in den Ruinen geschlafen. Hast du da keine Schatten im Rauch gesehen? Hast du keine Stimmen gehört? Menschen, die nicht mehr da waren? Genau dasselbe.«

Hart schüttelte den Kopf, ohne Cutter aus den Augen zu lassen. »Nein. Nicht so etwas.«

»Dann denk einfach nicht daran!« Cutter hob die Laterne hoch, das Licht flackerte. Er wusste nicht so recht, was er jetzt tun sollte – das mit dem Aufteilen war wirklich eine beschissene Idee gewesen. *Mit Hart zusammen …*

»Wir gehen zu den anderen zurück«, entschied er.

Er würde Shaw berichten, dass es dort nichts zu holen gab. Ja, das war gut. Und Hart – er musterte den blassen Mann. Wahrscheinlich würde er an der frischen Luft wieder zu sich kommen.

»Sie kommen näher.«

»Schwachsinn«, murmelte Cutter und zerrte an Harts Arm. Der Schlamm unter seinen Stiefeln machte ein widerlich glitschiges Geräusch. »Ich ziehe dich, wenn ich muss.«

Tropfen.

Wisperndes Wasser. Er hielt inne und Hart keuchte neben ihm. Cutter wirbelte herum, hob die Lampe und leuchtete auf den Boden. Dort, wo der schwarze Spalt gewesen war, zeichnete sich eine deutliche Wölbung ab. Sie bewegte sich, so langsam, dass das Auge sie im Dämmerlicht kaum wahrnehmen konnte, aber wie eine Blase, die unter der Haut anschwoll und pulsierte.

»Das ist der Boden«, sagte Cutter. »Boden macht das manchmal. Gezeiten, verstehst du?«

»Das sind nicht die Gezeiten, Cutter«, flüsterte Hart. »Sie kommen aus den Wänden.«

Der Boden bebte. Es war nur ein kurzer Ruck, als würde etwas von unten gegen ihn stoßen, aber Hart stolperte. Er schrie, prallte gegen die Wand, und plötzlich schoss etwas daraus hervor. Seine Laterne fiel erloschen auf den Boden und zerbrach.

Cutter sprang zurück, hielt die Lampe wie einen Schild vor sich und starrte entsetzt auf das Bild, das sich ihm bot. *Und mit der Ebbe kommen die Stimmen. Und die Hände.*

Die schwarzgrünen Arme schlangen sich enger um Hart, lange, skelettartige Finger schlossen sich um seinen Hals.

Anâ … mâra … venâs …

Hart keuchte. »Ich … kämpfe …« Der Rest ging in einem feuchten Gurgeln unter und ein Schwall Wasser schoss Hart aus den Mundwinkeln.

»Hart!« Cutter sprang vor, ließ die Lampe fallen, das Glas splitterte und letzte Lichtblitze zuckten über die Wände, ehe es dunkel wurde. Er packte Hart am Kragen und zog mit aller Kraft. »Los, komm schon!«

Seine Finger gruben sich in Harts kalten Mantel, Wasser tropfte heraus, nach Fisch und Moder stinkend. Cutter zerrte, er keuchte und spürte, wie die Sehnen seiner Arme vor Anstrengung brannten, aber schließlich schaffte er es.

Mit einem Ruck riss er Hart los.

Eine kalte, stinkende Flut ergoss sich über die Männer, und sie schlugen auf dem Boden auf. Wasser spritzte auf, Cutter würgte, als er modriges Brackwasser schluckte, und rollte sich auf die Seite.

»Was ... was war das?« Cutter hustete, er schmeckte Blut, suchend tastete er über den schleimigen Boden. »Hart?«

Wasser. Eiskalt umschloss es seine Finger und er erstarrte. War es gestiegen? Wie weit waren sie in die Festung eingedrungen? Kam das Meer zurück?

»Hart?«, wiederholte er lauter und ließ seine Hand wieder suchend durch die Dunkelheit gleiten, während Kälte und Nässe seine Kleidung durchdrangen. Er atmete schneller. Sie mussten hier weg. »Das Wasser steigt.«

Anâ ... mâra ... venâs ...

»Sie ... sie sind hier.« Hart!

Er folgte der schwachen Stimme, tastete sich zu seinem Kameraden. »Unsinn, das ist die –«

Ein Geräusch schnitt wie das Brechen von Wasser auf Stein durch die Stille. Dann schlang sich ein Arm um seine Kehle – kalt und feucht, es fühlte sich an wie aufgedunsenes Fleisch, das zu lange im Meer getrieben hatte. Cutters Atem stockte. Das Salzwasser wurde eins mit seiner Haut, es ließ seine Glieder steifer und steifer werden. Sanft und unaufhörlich, beinahe beruhigend, strich etwas wie haarige Algen über seine Wange, sein Kinn, seinen Mund. Eine lähmende Ruhe erfasste seinen Körper in der Dunkelheit, und in ihr flüsterten Stimmen, die wie ferne Brandung klangen: *Komm ... zu ... uns.*

Lene Bruck und der blaue Schmetterling

von Sabina Frambach

»Unter das Eis? Alleine? Das ist zu gefährlich!«

Blau funkelte das Licht; Lene kniff die Augen zu. Ihren Kragen hatte sie bis über die Ohren gezogen. Vorsichtig blies sie einen Hauch verbrauchter Luft in ihre kalten Hände.

Bruck lächelte milde, überging wie gewohnt den Protest seiner Tochter und rollte eine Karte aus. Auf brüchigem Papier waren fein säuberlich die Umrisse der bekannten Länder gezeichnet. Darüber klaffte eine weite Fläche, unbekanntes Land, so unschuldig wie ein leeres Blatt Papier. »Lene, du kennst mich. Solange auf dieser Karte weiße Flecken sind, werde ich reisen. Der Erste ist ein Entdecker, der Zweite ein Tourist. Die

Welt dort draußen wartet darauf, entdeckt zu werden!«

Lene zog die Nase kraus. »Dort draußen ja, aber doch nicht dort unten!« Ihr Blick schweifte über die endlose Eisfläche. »Du kannst auf deiner Karte einzeichnen, dass hier nichts als Eis ist. Genügt das nicht?«

Ihr Vater musste nicht antworten. Lene kannte diesen Blick voller Sehnsucht, seit sie denken konnte. So hatte er geschaut, ehe er mit einem Ballon über die Berge gestiegen war, so hatte er in die Ferne geblickt, ehe er mit einem Gleitschlitten die Wüste durchquert hatte.

Sie seufzte. »Und wie willst du hinuntertauchen?«

Auf Vaters Gesicht erschien ein freudiges Lächeln. Er deutete hinab. Dort, an der Seite des Schiffs, war etwas vertäut, das Lene bisher für einen Torpedo gehalten hatte. Die zylindrische Form endete in einem breiteren Heck. Jetzt erst erkannte sie eine Art Kuppel aus Glas am oberen Ende. Ein Rohr ragte mehrere Meter in die Höhe.

»Ich nenne es den Bruckschen Heuler. Das kleinste Unterwasserboot der Welt! Dort oben ist das Sehrohr. Es ist vom Steuerpult aus schwenkbar, sodass ich in nahezu jede Richtung blicken kann.«

Lene fröstelte trotz des Wollpullovers. »Was willst du dort unten entdecken? Eis von unten?«

Ihr Vater breitete die Arme aus. »Lene, wir wissen nicht, was dort unten ist, ehe wir nicht nachgeschaut haben! Vielleicht ist dort nichts – aber vielleicht finde ich tief unten eine Welt voller Leben!«

Sanft schüttelte Lene den Kopf. Fast spöttisch erklärte sie: »Papa, ich denke, das einzig Lebendige dort unten wirst du selber sein!«

Sie wusste, sie konnte ihn nicht umstimmen. Sie hatte gebettelt, doch er war in diesen Ballon gestiegen, sie hatte geweint, und er hatte sie gestreichelt, um sodann den Gleitschlitten zu besteigen. Die Tochter des Abenteurers Martin Bruck kannte eines genau: den Rücken ihres Vaters, wenn er ging. Als Siebenjährige hatte sie nicht verstanden, was er suchte. Nun, mit siebenundzwanzig, ahnte sie es. Kein neues Leben, kein unentdecktes Land, kein seltenes Metall: Was Bruck suchte, war seine Freiheit.

Nochmals seufzte Lene, griff unter ihr aufgestecktes Haar und löste eine Kette. Ein kleiner Anhänger lag nun in ihrer Hand, geformt wie ein Schmetterling. Leuchtend blau glommen die Flügel. »Ich möchte, dass du ihn mitnimmst, Papa. Als Glücksbringer oder als Aufpasser. Er sieht aus wie ein Kronwicken-Bläuling. Leopold hat ihn für mich gemacht!«

»Leopold!« Lene konnte zusehen, wie sich Vaters Gesicht verzog wie bei dem Geräusch des Bohrers beim Dentisten. Dass der Sohn seines Erzfeindes, Professor Kittemann, Lene den Hof machte, missfiel ihm zutiefst. Doch Lene wusste, sie lebten in modernen Zeiten, und sie konnte selber wählen, mit wem sie ihre Zeit verbrachte.

Fast zärtlich strich sie über den Schmetterling. »Leopold ist ein Künstler, Papa. Schau: Wenn du den Kopf drückst, nimmt der Schmetterling auf einer Spule auf, was du sagst. Er nennt das einen Phonographen. Ziehst du an den Fühlern, spielt er die Nachricht wieder ab. Wenn du die Flügel zuklappst, löst du einen weiteren Mechanismus aus. Eine Klappe öffnet sich, und mit einem Stoß entweicht ein wenig Luft. So kann er fliegen, nicht hoch, aber ein kleines Stück.«

Vater zögerte, doch dann steckte er den blauen Schmetterling ein. »Ich nehme ihn mit. Aber eine große Hilfe wird er dort unten nicht sein. Was hilft ein Schmetterling inmitten von Schnee und Eis?«

Er strich ihr über das Haar, wie er es immer getan hatte. Wenig später drehte er ihr den Rücken zu. Bruck stieg eine Leiter hinab, bis er sein

Unterwasserboot erreicht hatte. Lene sah, wie er einen Hebel betätigte; es knirschte, und die Glaskuppel bewegte sich. Sekunden danach erklang ein quietschender Ton, hell wie das Maunzen einer hungrigen Katze, und die Kuppel blieb halb geöffnet stehen. Lene rollte mit den Augen, da stieß Vater mit der Hand gegen das Scharnier und drückte. Nochmals quietschte es und er konnte einsteigen. Seine Augen leuchteten erwartungsvoll. »Du weißt ja, Lene, wenn ich es nicht mache ...«

Sie beugte sich vor und rief: »Ich weiß, Papa! Wenn du es nicht machst, dann macht es keiner!«

Er schüttelte lachend den Kopf. »Nein, wenn ich es nicht mache, dann macht es Kittemann! Aber dieses Mal bin ich schneller als er!«

Lene wusste es. Ihr Vater versuchte alles, um irgendwo vor Kittemann zu sein. Er war mit dem Ballon gelandet und Kittemann hatte ihn auf der anderen Seite empfangen. Er hatte die Wüste durchquert und Kittemann hatte in einem Zelt am Ziel gewartet. Sorgenvoll sah Lene zu, wie ihr Vater einstieg; doch von Herzen hoffte sie, dass er dieses Mal wirklich schneller sein würde.

Bruck winkte und zog die Kuppel wieder zu. Seine Hände strichen über die Armatur; die rechte umfasste den Steuerknüppel, die linke presste den blauen Schalter. Schon pumpte es und das Boot machte einen Satz voraus. Dort trudelte es um die eigene Achse. Bruck hielt den Knüppel und bediente zugleich die Ventile für die Trimmer, um das Boot zu stabilisieren. Nach einer weiteren Drehung blieb es gerade im Wasser liegen. Langsam drehte er am Rad und öffnete ein Ventil, um die Tanks zu fluten. Das Gewicht nahm zu und das Boot versank senkrecht im eisblauen Meer. Um ihn herum schäumte das Wasser; die Gischt schlug an die Kuppel, das Meer tobte. Dann wurde es still. Zart wie ein verglimmendes Feuer spendete die Sonne einen letzten Lichthauch. Rasch entzündete Bruck die vorderen Laternen; einen weiteren Hebel presste er auf die Einstellung *kleine Fahrt voraus* und glitt mit dem Boot unter die Eisdecke.

Bruck stellte den Kristallhorcher an und lauschte; es rauschte und weit entfernt ertönte ein Klicken. Ein Hindernis, doch außer Reichweite. Schon stellte er auf *große Fahrt voraus* und sauste unter dem Eis entlang. In seinem Kopf schwirrten die Gedanken, in seinen Ohren sprudelte das rauschende Meer. Immer schneller schoss das Boot unter dem Eis entlang, vorbei an bizarr geformten Eisbergen und kraftlosen Pflanzen.

Grünlich schimmerte das Wasser um ihn. Bruck betätigte die Trimmer und ließ weiteres Wasser in die Tanks sprudeln. Er musste tiefer hinab!

Es knirschte. Das Boot ruckte und warf ihn aus dem Sitz. Er drückte sich zurück in Position. Sachte betätigte Bruck die Trimmer. Ein Schaukeln entstand, doch das Boot blieb hängen. Ein Blick durch das Sehrohr zeigte nichts als grüngefärbtes Wasser. Doch, dort war etwas! Bruck schwenkte das Sehrohr so weit wie möglich nach rechts. Etwas glänzte so hell wie Tafelsilber im Sonnenlicht. Grimmig presste er den Hebel nach vorne. Er musste das Boot freibekommen!

Ein Pumpen, Rattern, Keuchen; sanft vibrierte das Metall, die Düsen schnauften und gepresste Luft entwich. Doch das Boot bewegte sich keinen Millimeter. Bruck fühlte Zorn aufsteigen. So tief war er nicht gekommen, um auf halber Strecke hängenzubleiben! Er verlagerte sein eigenes Gewicht nach links, legte sich auf die Seite und betätigte nur einen Trimmer.

Das Boot wankte. Mit einem Lachen spürte er, wie es zur Seite kippte. Schon rauschte das

Wasser, das Boot trudelte und sank. Schneller als erwartet ging es hinab. Bruck versuchte, zurück auf den Sitz zu gelangen. Seine Hände griffen ins Leere; er tastete, zog sich hoch und krachte mit dem Kopf gegen den Sitz, fluchte und griff die Lehne. Wo war er? Und wo war unten? Sein Kopf hämmerte, während er mit aller Kraft auf den Sitz kroch und rasch den Knüppel ergriff. Einige Schlenker machte das Boot, ehe es weiter hinuntersackte.

Bruck betätigte die Pressluft, doch der Hebel klemmte. Immerhin rutschte er nicht weiter hinab. Mit der rechten Hand kurbelte er den Tiefenmesser aus. An der Oberseite des Bootes öffnete sich eine winzige Klappe und ließ einen Schwimmer mit dünnem Seil aufsteigen. Bruck kurbelte weiter und weiter. 300 Meter, 320 Meter. Der Schwimmer stieß nicht an das Eis. Er fluchte. 360 Meter. So tief war er noch nie getaucht. Schon glaubte er, die Scharniere des Bootes ächzen zu hören. Nochmals ruckelte er am Hebel, doch der klemmte starr in der Mitte und ließ keine Luft hinaus.

Im selben Augenblick sah er das Licht.

Lene wartete. Trotz der Kälte trat sie immer wieder an Deck, zog eine Jacke über das Kleid und schlug den Kragen hoch. Die Sonne versenkte ihre Strahlen im Wasser. Düster glänzte die eisige See.

Wieder zog sie ihre Taschenuhr hervor und betrachtete die unerbittlichen Zeiger. Die Zeit hielt nicht an, die Welt wartete nicht und das Eis lag ungebrochen da. Fünf Stunden wollte er auf Tauchfahrt gehen; mittlerweile war die siebte Stunde angebrochen. Mit zugekniffenen Augen ließ Lene den Blick schweifen. Nichts. Um sie herum blieb all das Leben zu Eis erstarrt. Kälte kroch durch ihre Kleidung, Frost bedeckte ihr Haar. Wieder hauchte sie auf ihre Finger, knetete diese und rieb sie aneinander. So taub fühlte sich ihre Wange an, dass eine winzige Träne unbemerkt hinuntertropfte, auf den Boden perlte und zersprang.

Da sah sie es. Zunächst glaubte Lene, sich zu täuschen. Sie kniff die Augen zusammen und starrte auf das Eis. Doch, dort vor ihr stieg etwas in die Luft! Es flimmerte und verging in sprühendem Licht. Nichts blieb als ein blauer Schimmer. Rasch suchte sie das Fernrohr, zog es auseinander und schaute hindurch.

Auf dem Eis inmitten des Wassers saß der Schmetterling. Lene legte das Fernrohr weg, hastete zur Steuerung und holte den Anker ein. Sie warf die Maschine an; dumpf brodelte der Kessel, es dampfte, zischte, und das Schiff schob sich durch das Eis. Mit festem Griff hielt Lene auf den blauen Punkt zu. Unter ihr knirschte und krachte es; die Eisdecke zerbarst. Bis kurz davor steuerte sie, ehe sie die Maschine drosselte. Nun glitt das Schiff so langsam durch das Wasser, als habe sie auch die Zeit eingefroren.

Lene beugte sich über die Reling, doch ihr Arm war zu kurz. Zentimeter fehlten, um den Schmetterling erreichen zu können. Der Magnet! Rasch lief sie, holte einen starken Magneten aus der Kiste und hielt ihn in die Richtung.

Der Schmetterling bebte, rutschte und flog das kleine Stück, klackte auf den Magneten und lag ruhig in ihrer Hand.

Lene umfasste das Metall. Es war kalt, sehr kalt. Doch in ihrer Hand nahm es die Wärme auf. Vorsichtig fasste Lene die Fühler und zog.

Es knackte; ein Rauschen erklang, wie Wellen, die aneinander stoben. Von weit entfernt und doch so nah erklang die Stimme ihres Vaters:

Lene. Ich weiß nicht, was geschehen ist. Das Boot ist tiefer gesunken, in eine Art Spalte oder Loch. Bei der letzten Messung zeigte der Tiefenmesser

410 Meter. Ich kann nicht mehr aufsteigen. Warte nicht auf mich. Doch Lene, was ich hier unten gefunden habe, ist atemberaubend! Aus dem grünen Wasser erscheinen plötzlich Fische, und sie schillern in tausend Farben. Offenbar erzeugen sie selber dieses Licht! Ich habe ein Wesen gesehen, das einer Schnecke ähnelt, doch es hat Flügel! Ein riesiger, grünhäutiger Krake schwamm neben mir und Pflanzen bunter als die wilden Blumenwiesen wachsen auf glimmenden Steinen. Vor mir scheint ein helles Licht. Ich werde dort hineinfahren, mit voller Kraft voraus! Den Schmetterling habe ich in eine der Torpedokugeln gesteckt und diese senkrecht in die Höhe geschossen. Nun weißt du, wo ich bin. Ich hoffe, dass diese Nachricht dich erreicht. Warte nicht länger, Lene. Ich hatte recht, hier unten ist Leben und es ist wunderschön!

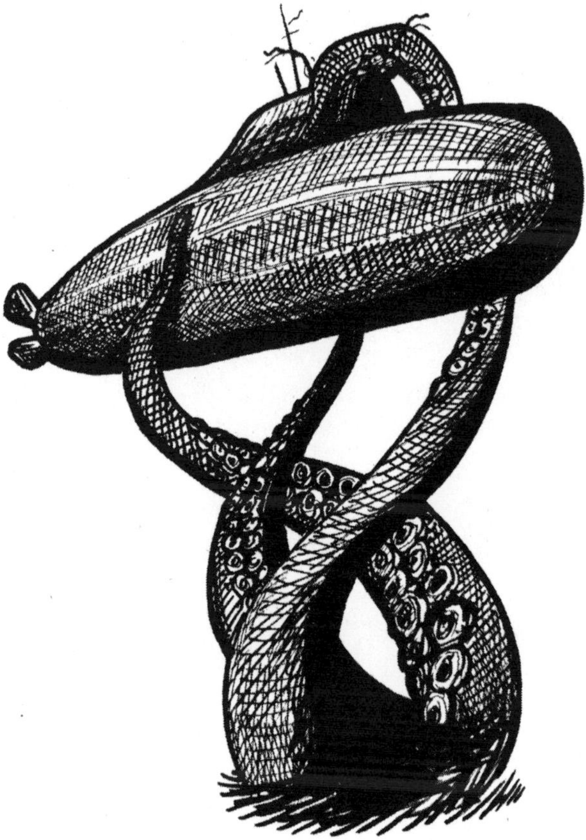

Missverstanden

von Miriam Rademacher

»Sieh dir an, was ich gefunden habe«, rief Toby und hielt Jane einen Kompass unter die Nase. »Unglaublich, was die Leute alles zurückgelassen haben.«

Jane bedachte das angerostete Stück Blech mit dem zersprungenen Deckglas mit einem flüchtigen Blick und betrat den angrenzenden Raum.

Zu Beginn des Wintersemesters hatten Toby und sie bei einem faden Mensa-Essen entdeckt, dass sie ein gemeinsames Hobby verband: die Liebe zu Dingen, die dem Verfall preisgegeben worden waren.

Schon seit ihrer Kindheit, lange bevor die Bezeichnung *Lost Place* überhaupt erfunden wurde, war Jane in alten, von ihren Bewohnern aufgegebenen Gemäuern herumgeklettert. Nie hatte sie bei solchen Gelegenheiten etwas mitgenommen oder verändert. Es ging ihr allein darum, ihre Neugier zu befriedigen. Toby war in dieser Hinsicht anders gestrickt. Der Kompass würde in seine ganz persönliche Schatzkiste wandern. Dass er damit einen Diebstahl beging, interessierte ihn wenig, und er hatte sich in diesem Punkt auch als äußerst belehrungsresistent erwiesen.

»Von einem Platz wie diesem habe ich immer geträumt«, rief Toby, tauchte neben ihr auf und fuhr sich mit den schmutzigen Fingern durch die schwarzen Locken, bis sie noch wilder von seinem Kopf abstanden als gewöhnlich. »Ein aufgegebenes Dorf. Nicht nur ein einzelnes Haus, sondern ein ganzes Dorf! Ist das zu fassen? Kannst du dir einen Grund vorstellen, warum hier niemand mehr leben will?«

Jane stieg über einen umgefallenen Stuhl hinweg und stellte fest, dass sie sich in einem Schankraum mit Tresen samt Zapfanlage befanden. Dieses Haus musste einmal eine Kneipe beinhaltet haben.

»Ich vermute mal, man hat den Bewohnern ihre Lebensgrundlage entzogen«, beantwortete sie Tobys Frage. »Darkshore war einst ein Fischerdorf. Vermutlich lohnte es sich einfach nicht mehr, weiterzumachen. Entweder, weil die Fische ausblieben, oder weil der Job ohnehin nicht gerade zukunftsträchtig ist.«

»Da stehen noch die Biergläser und Aschenbecher!«, rief Toby verzückt. »Als ob die letzten Bewohner gerade eben erst aufgestanden und weggegangen wären.«

»Aber der allerletzte von ihnen hat das nicht getan«, brummte eine fremde Stimme.

Jane fuhr herum und erblickte in einer dunklen Nische die noch dunklere Gestalt eines alten Mannes mit schlohweißem Haar und ungepflegtem Vollbart. Ganz offensichtlich hatte der letzte Gast dieses Hauses nicht mitbekommen, dass seine Lieblingskneipe für immer geschlossen worden war. Im Hinblick auf den Zustand seiner Kleidung und den Geruch, der von ihm ausging, saß er schon eine sehr lange Zeit an diesem Platz.

»Entschuldigung.« Jane fing sich als erste, während Toby noch erschrocken die Hand auf die Herzgegend gepresst hielt und nach Luft rang. »Wir wussten nicht, dass hier noch jemand lebt. Selbstverständlich werden wir sofort wieder gehen. Ich bitte nochmals um Entschuldigung.«

»Gehen?« Der Alte wandte ihr sein zerfurchtes Gesicht zu. »Ich hatte es so verstanden, dass ihr an der Geschichte dieses Ortes interessiert seid. An dem, was Darkshore und seinen Bewohnern widerfahren ist. Aber vielleicht ist das alles auch zu traurig für euch.« Ein dünnes Lächeln entblößte die dottergelben Zähne. »Du hast wunderschönes rotes Haar, meine Liebe. Es lodert wie eine Flamme. Es erinnert mich an jemanden.«

Jane, die eben noch so etwas wie Furcht verspürt hatte, wischte das Gefühl beiseite wie in lästiges Insekt und ging zu dem Alten hinüber. Dort nahm sie ihm gegenüber auf einem staubigen Stuhl Platz. »Erzählen Sie uns von Darkshore. Was ist hier passiert?«

Auch Toby war nähergekommen und setzte sich neben sie. Ein wenig reumütig legte er den zerbrochenen Kompass, den er kurz zuvor an sich genommen hatte, auf den Tisch.

»Da müssen wir um Jahre zurückgehen«, sagte der Alte. »Damals war ich Bürgermeister von Darkshore und der Ort war gerade erst von einer Tragödie heimgesucht worden. Eines unserer Fischerboote war nach einem überraschenden Unwetter auf See geblieben. Familien und Freunde wachten lange an der Hafenkante, unfähig zu akzeptieren, dass die Männer nicht mehr zurückkehren würden.«

»Wie schrecklich.« Jane meinte es ehrlich. »So ein Unglück kann eine Gemeinschaft schwer erschüttern.«

Der Alte schüttelte den Kopf. »Das aber war es nicht, was Darkshore in den Untergang trieb. Ein paar Wochen später jedoch begann unser aller Albtraum.«

Norman Fenwick liebte seine Sprechstunde. Als Bürgermeister von Darkshore hätte ihm ein Büro zugestanden, doch er saß auf seinem Stammplatz in der kleinen Nische des Pubs und wartete. Was immer die Dorfbewohner bewegte, jetzt konnten sie es vorbringen. Ohne Termin, ohne Wartezeit und ohne lästige Formulare. So lief es eben in Darkshore: immer schnurgeradeheraus.

Für gewöhnlich musste Norman nicht lange warten. Irgendjemand setzte sich zu ihm, und wenn es nur war, um einen Schwatz zu halten und ein Bier zu trinken. An diesem nebligen Tag Ende Oktober aber lagen die Dinge anders. Gleich zwei Personen stürmten die Kneipe und begannen, auf ihn einzureden. Das Befremdliche daran war, dass einer der beiden, der stille Harvey, seinen Spitznamen eigentlich völlig zu Recht trug. Heute jedoch redete er wie ein Wasserfall.

»Sie kommen wieder!« Harveys Hände zitterten und seine Augen rollten wie Murmeln in ihren Höhlen. »Es ist die *Pitcairn,* ich kenne das Boot, seit es das erste Mal hinausfuhr!«

»Was Harvey sagt, stimmt«, rief nun auch der dünne Max. »Es ist die *Pitcairn.* Und sie ist schon ganz nah.«

»Leute, was erzählt ihr denn da für einen Unsinn?« Norman erhob sich und stürzte den Rest seines Vormittagsbiers hinunter. »Die *Pitcairn* ist mittlerweile mehr als fünf Wochen überfällig. Wo hätte sie denn die ganze Zeit über stecken sollen? Nein, die *Pitcairn* liegt auf dem Meeresgrund. Sie ist im Sturm mit Mann und Maus abgesoffen.«

»Dann komm mit raus und sieh es dir selbst an«, rief der dünne Max. »Deinen eigenen Augen wirst du ja wohl trauen, oder?«

Unwillig, weil es draußen kalt und neblig war, während im Kamin der Kneipe ein kleines Feuer brannte, folgte Norman den beiden Männern ins Freie. Er war davon überzeugt, dass sich alles rasch aufklären würde. Wunder gab es schließlich nicht.

Doch zu seiner Überraschung stand bereits eine Traube von Menschen an der Hafenmauer und es wurden stetig mehr. Sie alle starrten hinaus aufs Wasser, wo ein Fischerboot mit grellgrünem Streifen am Rumpf sich langsam aus dem Nebel schälte und auf die Küste zuhielt.

»Es ist die *Pitcairn*«, beharrte Harvey. »Der dicke Max ist heimgekehrt.«

»Ist ja auch ein harter Hund«, meinte der dünne Max und wischte sich verstohlen eine Träne aus dem Augenwinkel. »Der Sturm muss ihn verdammt weit rausgetrieben haben. Und sie brauchten einfach etwas länger, um heimzufinden.«

»Blödsinn«, widersprach Norman. Doch auch er erkannte die *Pitcairn* anhand ihrer Bemalung sofort wieder. Dieses Boot hatten sie alle verloren geglaubt, und jetzt war es wieder da.

Da entdeckte er zu seiner Überraschung Willow, die sich unter die Wartenden gemischt hatte und wie die anderen aufs Meer hinausstarrte. Für gewöhnlich verließ die menschenscheue Dorfhexe ihre Kate oben auf dem Hügel nur selten. Jetzt aber lächelte sich verträumt vor sich hin und ließ die *Pitcairn* auf dem Meer nicht aus den Augen.

»Warum brauchen sie so lange?«, rief plötzlich eine Fischersfrau. »Es sieht so aus, als würde sich das Boot gar nicht bewegen.«

»Womöglich haben sie einen Motorschaden«, meinte der dünne Max. »Jemand muss Rose sagen, dass ihr Mann heimkommt. Und wie die Jungs sich freuen werden, ihren Vater wiederzusehen. Das ist ein verdammtes Wunder oder wenigstens Hexerei.«

Normans Augen wanderten unwillkürlich wieder zu Willow, die damit begonnen hatte, Windlichter auf der Hafenmauer aufzureihen und nun eine Kerze nach der anderen anzündete. Dabei summte sie noch immer vor sich hin. Von den Umstehenden, die nur Augen für das heimkehrende Boot hatten, wurde ihrem Treiben kaum Beachtung geschenkt.

Norman hingegen schob sich nah an die Hexe heran und fragte: »Warum tust du das, Willow?«

»Licht muss brennen«, flüsterte sie ihm zu und grinste. »Sonst finden sie nicht nach Hause.«

»Sie sind wirklich sehr langsam«, sagte Harvey, der noch immer aufs Meer hinaus starrte, unvermittelt. »Ob sie Hilfe brauchen?«

In diesem Moment deutete der dünne Max auf ein kleines Motorboot, das direkt vor ihm ankerte und rief: »Hey, lasst uns der *Pitcairn* entgegenfahren. Ich will wissen, was da los ist. Wer von euch ist dabei?«

Minuten später sprangen nicht nur Harvey und der dünne Max in das kleine Boot, sondern auch Norman, denn schließlich war er der Bürgermeister. Und so nahmen die drei Männer Kurs auf das vor ihnen im Nebel dümpelnde Boot. Doch je näher sie ihm kamen, desto mehr wich ihre Euphorie einem unsäglichen Grauen.

»Das ist kein Boot mehr.« Norman brachte es als erster auf den Punkt. »Das ist ein Wrack. Schaut euch den zerschmetterten Bug an. Und überall klebt Seetang und Sand an den Aufbauten. Sieht fast so aus, als wäre die *Pitcairn* tatsächlich gesunken. Doch irgendetwas muss sie wieder an die Oberfläche befördert haben. Und jetzt wird sie in den heimatlichen Hafen gespült.«

»Das ist unmöglich.« Max neben ihm war so weiß geworden wie Fischfilet. »Die langsame Bewegung des Wracks passt nicht zur Strömung. Wäre die *Pitcairn* ein Spielball der Wellen, müsste sie viel schneller sein. Irgendetwas stimmt hier nicht.«

Augenblicklich begann der stille Harvey, leise zu beten. Norman versuchte, ihn zu ignorieren und bat Max, an Harveys Stelle das Ruder zu übernehmen. »Bring uns zurück an Land. Wir müssen es den anderen irgendwie klarmachen, dass die glückliche Heimkehr unserer Freunde ausfällt.«

»Okay«, sagte Max langsam. »Aber werden die Angehörigen nicht wissen wollen, ob die Körper ihrer Lieben nicht noch an Bord sind? Wenn das Meer sie schon mal hergegeben hat, könnte man sie vielleicht richtig beerdigen.«

»Und was tun wir, wenn sie nicht wirklich tot sind?« Harvey hatte sein Gebet abrupt beendet und sah Norman unsicher an. »Was, wenn sie um jeden Preis zurückkehren wollen? Egal ob tot oder lebendig?«

Norman schwieg verunsichert. Harveys Worte klangen absurd, doch auch das Wrack, das langsam auf sie zutrieb, war eine Kuriosität, wie er noch nie eine gesehen hatte.

Spontan hob Norman den Arm, winkte und brüllte so laut er es vermochte: »Ahoi, *Pitcairn*! Ahoi!«

Aber auf dem Wrack vor ihnen herrschte nur gespenstische Stille.

Erleichtert wollte Norman bereits den Befehl zum Rückzug geben, als sie alle drei gleichzeitig die ausgezehrte Gestalt entdeckten, die aus der Kajüte der *Pitcairn* an Deck kam und sich schwankend der Reling näherte.

»Ach, du Scheiße!«, entfuhr es Norman.

»Der dicke Max«, flüsterte der dünne Max. »Er ist ziemlich vom Fleisch gefallen.«

»Zombies.« Harvey faltete augenblicklich wieder die Hände. »Auf dem Wrack, wandeln die Toten. Und sie haben Kurs auf Darkshore genommen. Das Grauen kommt zu uns.«

Nur zu gern hätte Norman widersprochen, doch es kam kein Wort über seine Lippen. Allzu deutlich sah er die Gestalt, deren Züge vom Wasser und gefräßigen Tieren verunstaltet waren, an der Reling stehen.

Inzwischen war der dünne Max wieder zur Besinnung gekommen, warf den Motor an und jagte das kleine Motorboot mit Volldampf über das Wasser. An der Hafenmauer erwartete man ihre Ankunft mit großer Spannung.

Nur Willow lächelte ihnen gelassen entgegen. Ihr rotes Haar tanzte im Wind und der Schein ihrer zahlreichen Kerzen erhellt die Szenerie an der Hafenmauer.

Kaum hatten sie angelegt, entstieg Norman schwankend dem kleinen Boot. »Dort draußen treibt ein Wrack«, rief er den Wartenden zu. »Und es bringt uns den lebendigen Tod.«

Und Max ergänzte: »Leute, ich fürchte, jemand hat uns verflucht! Eine andere Erklärung fällt mir nicht ein. «

Ein ungläubiges Raunen erhob sich in der Menge, einige begannen zu weinen. Willow hingegen schien äußerst vergnügt. Sie stimmte eine neue Melodie an und wiegte sich sanft hin und her.

»Hexerei«, rief jetzt der sonst so stille Harvey, kletterte an Land und wies mit dem ausgestreckten Zeigefinger auf die summende Frau. »Das ist Hexenwerk, Freunde. Und jeder von uns weiß ja, wem so etwas zuzutrauen ist, oder?«

Auch Norman kam nicht umhin, Willow dabei zuzuschauen, wie sie die Ankunft der *Pitcairn* und ihrer gruseiligen Besatzung feierte.

»Hexenwerk«, klang es nun auch aus anderen Kehlen. »Es ist ein Fluch. Jemand will uns Böses.«

Schon formte sich die Ansammlung von Menschen zu einem Mob, der Willow umringte, und erst jetzt schien die junge Frau zu bemerken, dass die Stimmung sich gegen sie gewandt hatte.

Erstaunt wandte sie sich mit lauter Stimme an Norman, der abseitsstand und zu verunsichert war, um einzugreifen. »Was habt ihr denn plötzlich? Ihr wolltet doch, dass sie wiederkehren! Ihr habt es euch gewünscht! Wieder und wieder!«

»Du gibst es also zu?« Der dünne Max verlor als erster endgültig die Fassung. Mit beiden Händen griff er nach Willows langem Haar und riss sie zu sich heran. »Du Missgeburt hast die Kadaver auf dem Wrack gerufen? Und wir Dummköpfe haben dich über Jahre hinweg in unserer Mitte geduldet? Obwohl wir wussten, was du bist? So dankst du es uns?«

»Natürlich ist es mein Dank an euch. Was sollte es sonst sein?« Noch immer verwirrt sah Willow von einem zum anderen. »Es hat mich Wochen gekostet, bis ich den richtigen Zauber gefunden hatte. Gerade rechtzeitig ist es mir gelungen. Es ist Halloween, wisst ihr? Die Nacht, in der das Licht auf den Gräbern die Toten heimruft. Was das angeht, musste ich improvisieren, aber es funktioniert ja hervorragend.« Sie deutete auf die Hafenmauer und die darauf brennenden Windlichter.

»Widerliches Hexenwerk!« In Harveys wild rollenden Augen spiegelten sich die Gefühle des ganzen Dorfes wider. Und während einige andere noch dazu übergingen, die Windlichter ins Hafenbecken zu stoßen, rief er schon: »Tötet sie. Die Hexe muss sterben! Tötet die Hexe!«

»Was? Nein!« Ein erstes Anzeichen von Panik blitzte in Willows Augen auf. Doch es war zu spät. Man hatte die Frau umzingelt, riss an ihren Haaren und Kleidern und spuckte ihr ins Gesicht.

Norman sah die Hexe von Darkshore mit dem Rücken zur Hafenmauer stehen. Einen Ausweg gab es für sie nicht mehr.

»Ja, werft sie ins Wasser«, rief jemand. »Ertränkt das Weib!«

»Hexen können doch schwimmen«, ließ sich jemand anders vernehmen.

»Willow nicht«, brüllte der dünne Max. »Sie hat Angst vor dem Wasser. Jeder weiß das. Stoßt sie über die Brüstung. Sie soll sterben, wie unsere Freunde gestorben sind.«

Gejohle erhob sich und Norman musste einsehen, dass ihm die Situation bereits entglitten war. Niemand hörte seinen Protest. Schon packten starke Hände die kleine Frau, die sich verzweifelt und doch viel zu spät wehrte.

»Aber ihr wolltet es so«, hörte er Willow noch rufen. »Ihr habt euch gewünscht, dass sie wiederkehren! Und heute Nacht ist Halloween!«

Es war mehr ihr erschrockener Tonfall als die Worte, an denen Norman das Unrecht erkannte, welches sich direkt vor seinen Augen abspielte, doch es war längst zu spät. Er war nicht in der Lage, Willows Sturz ins Wasser zu verhindern, und wagte es nicht einmal, sich durch die Menge zu kämpfen, um ihr nachzuspringen. Willow versank wie ein Stein im Hafenbecken von

Darkshore und wurde nie mehr gesehen. Zur selben Zeit verschwand das Wrack der *Pitcairn* im Nebel ...

»Ertrunken? Sang- und klanglos abgesoffen?« Toby schüttelte ungläubig den Kopf. »Dann war sie wohl doch keine Hexe. Zumindest keine gute.«

»Sie war eine«, korrigierte ihn der alte Bürgermeister. »Und eine gute Hexe war sie obendrein. Im doppelten Sinn.«

»Wie meinen Sie das?«, fragte Jane atemlos.

»Nach ihrem Tod fand sich in der Kate auf dem Hügel nur eine einzelne Beschwörungsformel auf einem alten Pergament.« Der alte Mann schloss die Augen. »Damit ließen sich die Toten, die uns zu Halloween so nah sind wie sonst das ganze Jahr über nicht, heimholen.«

»Die Toten heimholen?«, wiederholte Jane fassungslos. »Das verstehe ich nicht.«

»Dann erkläre ich es dir: Mit jeder Stunde der Halloweennacht wäre die *Pitcairn* dem von Willow errichteten Leuchtfeuer im Hafen nähergekommen«, fuhr der Bürgermeister fort. »Mit jeder Minute wäre die Besatzung ein kleines bisschen weniger tot, das Boot etwas weniger zerstört gewesen. Bis wir um Mitternacht mit unseren verlorenen Freunden wieder vereint gewesen wären.«

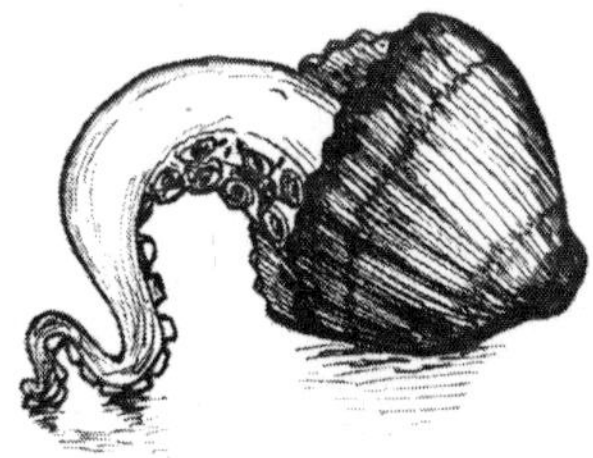

»Unfassbar«, murmelte Toby. »Demnach war Willows Absicht gut. Nur wurde sie von den Dorfbewohnern komplett missverstanden.«

»So war es. Wir töteten die Hexe, die uns an ihrem höchsten Feiertag ein ganz besonderes Geschenk gemacht hatte. Und mit ihr verließ ein guter Zauber unser Dorf. Es wurde kalt in Darkshore. Nicht nur draußen auf den Straßen, sondern in unseren Herzen. Wir alle hatten uns für immer verändert und unser Dorf war ein liebloser, seelenloser Ort geworden.«

Jane sah sich in dem verwahrlosten Schankraum um. »Ich beginne zu begreifen, was hier geschehen ist.«

Der alte Bürgermeister nickte. »Nach und nach verließen alle ihr Zuhause. Nur ich sitze noch an meinem Platz. Ich will ein offenes Ohr für die Probleme anderer haben. Bis zu meinem letzten Atemzug.« Sein Blick ruhte lange auf Jane. »Du hast dasselbe rote Haar wie Willow. Bist du sicher, dass du nicht gekommen bist, um unsere Seelen zu retten?«

»Ziemlich sicher. Leider.« Jane stand auf. »Hier kann tatsächlich nur noch ein Zauber helfen. Und ich kenne keinen.«

Als sie Darkshore hinter sich gelassen hatten und der Stadt immer näher kamen, rief Toby, der neben ihr ging: »Das war mal ein *Lost Place*, was? Eine echte Sensation.«

Jane warf einen Blick zurück. »Ja. Eine echte Sensation. Nie zuvor habe ich einen verloreneren Ort gesehen als diesen.«

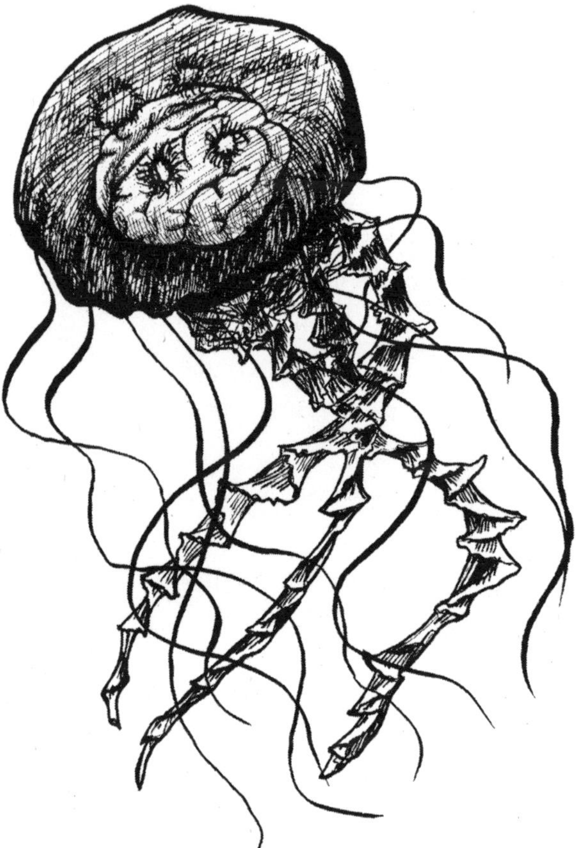

Salz auf der Haut

von Jules B. Asches

I Derealisation - Ein Schatten in der Welt

Die Forschungsstation lag am Rand der Welt. Dort, wo sich keiner mehr hinverirrte, seit das Meer das Land verschlang und die Küstenlinien ständig neu zeichnete. Eine vergessene, silbrige Perle, die viel zu weit draußen in zerklüfteten Klippen hing, zu allen Seiten von Wasser umgeben, gerade noch so vor der Macht der See geschützt. Die Wellen, die ohne Unterlass gegen den Fels trommelten, hatten sich in den letzten Jahren immer öfter turmhoch ausgewachsen, sich genommen, was nicht niet- und nagelfest war.

Bald würde das Wasser bis zur Forschungsanlage hochschlagen, darum war der Posten aufgegeben worden. Von allen, nur nicht von ihr.

»Das hier ist ein Ort, um das Meer zu bewachen – und vom Meer bewacht zu werden«, hatte die leise Stimme in ihrem Kopf geflüstert. »Zu bedeutend, um ihn zu verlassen. Ein Anker. *Dein* Anker.«

Deshalb war sie geblieben. Deshalb und weil sie sich noch nie weniger fehl am Platz gefühlt hatte als hier: Schließlich erschien ihr die Welt zumeist nicht echt. Sie kam sich vor wie in einer Simulation, umgeben von Figuren, die nur ihre Rollen spielten; dabei war ihr, als wäre nichts, das sie tat oder sagte, tatsächlich von großem Belang. Also kam sie vorrangig ihren Pflichten nach und schwieg. Mit anderen zu interagieren, fiel ihr schwer.

Heute gab es hier keinen mehr, der ihr das vorhalten konnte. Sicher, allein zu sein bot ebenfalls Herausforderungen und doch empfand sie es zuvorderst als Segen: Sie wandelte in den Fußspuren derer, die längst nicht mehr da waren, durch Kammern und Kämmerchen, ließ die vom Salzstaub überzogenen Geräte laufen, das alte Leuchtturmlicht erglimmen und … beobachtete stumm.

Nur manchmal – in letzter Zeit häufiger – wurde es des nachts schlimmer. Dann fühlte sie sich in der Leere der Station nur noch wie ein

Schatten, von flackernden Leuchten an die Wand gemalt. Nie ganz da, nie ganz fort. Würden ihre Hände bald durch Materie gleiten? Löste sie sich nun vollends auf?

Einzig das Meer gab ihr in diesen Augenblicken Halt. Sie lauschte seinem Rauschen, das mit dem Wind heraufzog und manchmal lieblich, manchmal drohend klang. Es sprach zu ihr in Tönen, die in der Leere in ihr widerhallten. Und wenn ihre Verlorenheit zu groß wurde, um sie weiter von Wänden begrenzen zu lassen, die für sie wie ein Teil eines Bühnenbildes anmuteten, dann packte sie der Wagemut: Sie ging hinaus und ein Stück hinab, dorthin, wo man das Salz auf der Zunge schmeckte. Dorthin, wo die Schuhe im letzten bisschen Sand einsanken und die Gischt einem um die Fesseln spülte.

Eines Nachts, als sie sich wieder einmal besonders blass und losgelöst vorkam, als sie wieder hinausging, als der Mond einem großen, bleichen Auge gleich aus den Wolken stach, fand sie ihn dort: einen anderen Menschen. Er lag reglos auf nassem Stein, über seine Haut tanzte ein fahler Schimmer. Sein Haar bewegte sich im Wellengang wie Algen. Seine Anwesenheit war eine Unmöglichkeit, eine Anomalie, ein Fehler – schockierend und faszinierend zu gleich. Sie konnte sich nicht abwenden und doch dauerte es lang, bis sie erkannte, dass er verletzt war: Blut rann aus seiner Seite, wirkte schwarz wie Tinte, zog Schlieren im Wasser.

Sie näherte sich ihm ohne Überlegung. Ihre Finger fanden sein eisiges Handgelenk, ertasteten einen Puls, sanft wie der Flügelschlag eines Schmetterlings. In ihren Ohren dröhnte es, selbst die Rufe der See klangen mit einem Mal fern. Ohne zu zögern hievte sie den nassen Körper hoch und mit zitternden Beinen den steilen Pfad zum Haus hinauf.

II Kognitive Dissonanz - Gesehen

Drei Tage und drei Nächte lang kam er nicht recht zu Bewusstsein. Drei Tage und Nächte lang ging sie im Kopf unzählige Variablen durch, legte ihm kühle Kompressen auf die Stirn, wechselte mit zitternden Fingern improvisierte Verbände und sprach mit ihm, als könnte das die tiefe Stille in ihrem Inneren vertreiben.

Am Morgen des vierten Tages öffnete er die Augen; dunkel und tief, wie das Meer. Er sprach kein Wort, doch sie störte sich nicht daran. Mit Gesprächen hatte sie sich ohnehin stets schwergetan. Sie hatte Andeutungen nicht verstanden, die falschen Fragen zur falschen Zeit gestellt – ein ständiger Eierlauf. In Stille war es einfacher.

Jeder Blick von ihm ging derweil tiefer als Worte, schien zu sagen: *Ich sehe dich.*

Zum ersten Mal seit langer Zeit fühlte sie sich nicht vollkommen durchsichtig …

Er genas langsam. In seiner Gegenwart folgten die Tage einer seltsam unbeschwerten Struktur: Er stand still da, während sie sich die Hände an alten Geräten schmutzig machte, lächelte, wenn sie ihm ein Tablett dampfenden Essens brachte, und leistete ihr Gesellschaft, wenn sie abends vor Monitoren und Messkurven saß, um die Wellen zu beobachten.

Einmal fand sie ihn, ein zerfleddertes Forschungstagebuch in den Händen. Er zeigte auf eine Seite, und sie las darauf die Worte: *Das Meer rief und ich folgte, denn im Rufen lag mein wahrer Name.* Seine Augen glänzten, und für einen Moment hatte sie das Gefühl, als wäre ihre Fassung eine Muschel, die jeden Moment unter etlichen Bar Wasserdruck aufbrechen müsste; und doch: Je länger er blieb, desto leichter fiel ihr das Atmen.

Als die Tage kürzer wurden, saß er oft auf den Stufen vor der Forschungseinrichtung und studierte den Gang der Wellen im Licht der untergehenden Sonne anstatt auf flimmernden Bildschirmen, wie sie es üblicherweise tat. Sie fasste sich ein Herz und setzte sich zu ihm. Seine Bewegungen waren ruhig, fast hypnotisch, und wenn sie in seiner Nähe war, schien die Welt selbst scharfkantiger und eindringlicher zu sein.

Auch eines Nachts schlug er vor hinauszugehen. Sie zögerte, doch er legte seine Hand auf ihren Arm und lockte sie mit einer unerwarteten Sanftheit.

»Das Meer«, sagte sie leise, während sie die Klippen hinabstiegen, »verschlingt die Welt, die ich begreifen will. Es reißt so vieles fort ... doch mich bringt es immer wieder zurück.«

Er nickte nur und deutete auf den Horizont, dorthin wo die Wellen sich türmten. Sie beobachteten gemeinsam, wie das Mondlicht sich in silbernen Fäden auf die See legte, die Gischt zum Glitzern brachte. Er ließ kleine Kiesel über das Wasser springen und schmunzelte, als sie es ihm nachzumachen versuchte.

Ihre Steine versanken sofort.

Ein aufmunterndes Tätscheln an ihrer Schulter und zum ersten Mal seit Wochen lachte sie. Ein ungewohntes, beinahe fremdes Geräusch, das warm durch ihre Brust rollte, sie wie Wellen überlief.

So verbrachten sie manchen Abend, doch das Meer wurde lauter. Die Wellen schlugen höher, zerrten an den Stützen der Station. Das Gluckern zwischen den Steinen am Gestade wuchs sich bald zu einem wütenden Stöhnen aus.

Sie fand ihn dennoch oft am Ufer, mit geschlossenen Augen barfuß im Sand, gerade so, als lausche er einer Melodie. »Geh nicht mehr zum Wasser«, bat sie ihn. »Kannst du mir diesen Gefallen tun?«

Aber er schüttelte still den Kopf.

III Symbiose - Fort und zurück

In einer weiteren Nacht, während der Sturm an die Küste brandete und der Regen dicht wie Bindfäden vom Himmel prasselte, suchte sie ihn wiederum vergeblich in den Räumen und Korridoren der Station. Schließlich schlüpfte sie in ihren Mantel und ging hinaus.

Als sie ihn endlich am Wasser ausmachte, stand er schon knietief in den Wellen, die Arme ausgebreitet, als wollte er den ganzen Weltkörper umarmen.

Gegenwind und Tropfenschlag. Nach kürzester Zeit klebte das Haar in Strähnen an ihr, der Lodenmantel zog sie zu Boden und ihre

Glieder wurden taub, doch sie kämpfte sich voran. »Komm zurück!« Ihre Stimme zerriss die Nacht, der Sturm trug sie davon, zerfaserte das Flehen. Ihr Herz schlug so heftig gegen ihre Rippen, dass sie kaum atmen konnte, pochte bis in ihre Schläfen hinein.

Er drehte sich zu ihr um, langsam, als wäre ihr Ruf nur eine vage Erinnerung, die ihn streifte. Sein Blick fand ihren. Er schien bereit, sie zu umfassen, wie Sekunden zuvor die Welt.

»Was tust du?«, brachte sie mit brechender Stimme hervor. Sie trat näher und eiskaltes Nass schwappte über den Rand ihrer Stiefel. »Was soll das?«

Ein Hauch von Traurigkeit glitt über seine Züge, als wäre die Antwort auf alle Fragen längst gegeben. Er nahm ihre Hand in seine und sprach – jetzt da sie Worte brauchte: »Als alle gingen, bist du geblieben. Aber bist du jemals wirklich hier gewesen?« Seine Stimme war kaum mehr als ein Flüstern, und doch hallte sie in ihrem Kopf nach.

Seine Worte schienen etwas in ihr aufzubrechen: Eine leise, nagende Ahnung kam zum Vorschein, verstärkte die Eiseskälte, die sich in ihre Knochen bohrte.

»Es ist in Ordnung«, sagte er. Sein Lächeln war tröstlich und befremdend zugleich.

Das Wasser reichte ihnen bis zur Hüfte, die Strömung zerrte an ihnen, doch sie hatte keine Angst. Seine Hand war immer noch da, fest in ihrer. Nicht wahr? Sie blinzelte. Es wurde schwer, ihn klar zu sehen. War das die Dunkelheit, der Sturm, oder …?

»Oder?«

»Bist du echt?«, fragte sie.

Seine Züge blieben gleichmütig, sein Blick war sanft, wie eh und je. Er sprach von den endlosen Weiten des Ozeans; und noch lauter von einem unstillbaren Hunger nach Leben – ihrem Hunger. »Macht es einen Unterschied?«, gab er zurück.

In diesem Moment erkannte sie: Jedes Lächeln, jede Berührung, jede Geste – all das hatte ihr gehört. Hatte sie ihn geformt aus ihrem ungestillten Wunsch, die Welt zu begreifen, sich verbunden und wirklich zu fühlen? Es spielte keine Rolle.

Das Wasser stieg. Die Taubheit wich, die Kälte stach nun wie tausende kleiner Nadeln. Sie stand da, unfähig, sich zu bewegen, doch sie … spürte.

Er löste sich von ihrer Hand, trat zurück, verlor sich im Meeresschaum.

Nur sie und die See blieben.

Als die Flut sie ergriff, die Wellen sie umschlangen, fühlte sie das Salz auf ihrer Haut, fühlte sie sich selbst – endlich.

Ein letztes Abenteuer

von Dieter Stiewi

Plötzlich verharrte Attilio Caratti und hob horchend den Kopf. Es war der 18. Juni 1928. Seit Tagen pfiff der Wind erbarmungslos über die Einöde aus Wasser und Schelfeis. Doch diesmal mischte sich ein anderer Ton darunter, ein Ton, den er lange nicht mehr gehört hatte. Zuerst glaubte er an eine Illusion, die ihm die Eintönigkeit des Nordpolarmeeres vorgaukelte. Längst hatte er die Hoffnung aufgegeben.

Er schaute zu Alessandrini hinüber. Der Takler bewegte sich nicht, lag still in der notdürftigen Unterkunft, die sie aus einigen Stahlstreben und Resten des Segeltuchs gebaut hatten – alles, was zu retten war, bevor das ganze Luftschiff ein Opfer der Flammen wurde. Er hatte die ganze Zeit vor Schmerzen geschrien. Sie hatten kein

Morphium, hatten nur immer wieder Eis auf seine Verbrennungen gelegt, bis Alessandrini nur noch leise gejammert hatte.

Da war es wieder, dieses Brummen, das leise über dem Wind lag. Caratti richtete sich auf, versuchte, sich zu orientieren. Ab und an schlug das Segeltuch, das sie auch vor seinen Unterstand gespannt hatten, und übertönte das Brummen. Doch Caratti war sich sicher, dass es da war, auch wenn es immer wieder vom Wind geschluckt wurde.

Hatte Arduino es geschafft?

Kurz nachdem die Schreie des Taklers leiser geworden waren, war Unterleutnant Ettore Arduino aufgebrochen. Es musste der 1. Juni gewesen sein, etwa eine Woche nach dem Unglück. Er wolle Hilfe holen, hatte er gesagt. Man müsse nur nach Süden gehen. Irgendwo dort müsse das Festland sein. Und dort gäbe es auch Menschen, die Hilfe schicken könnten, Hilfe für Alessandrini und ihn.

Caratti glaubte nicht daran, dass Arduino eine Chance hatte. Die Packeiswüste zwischen dem Nordpol und Spitzbergen war schier unendlich.

Als Caratti das Brummen wieder hörte, war es lauter, näher. Er hob den Kopf. Doch dann war das Brummen auch wieder verschwunden. Vielleicht war es doch nur eine Täuschung gewesen. Er ließ sich zurückfallen, sparte Energie, wartete.

Er war nicht sonderlich überrascht, als er es ein wenig später erneut hörte. Und diesmal war es so nah, dass Caratti es eindeutig als das Geräusch eines Motors identifizieren konnte. Hastig befreite er sich aus dem Schlafsack und kroch aus dem Verschlag. Doch ehe er sehen konnte, was dieses Brummen verursachte, war es schon wieder verschwunden.

Es musste ein Flugzeug sein. Und wenn es ein Flugzeug war, suchte man nach ihnen. Und wenn man nach ihnen suchte, würden sie zurückkommen. Dann musste er bereit sein, gut sichtbar – zumindest besser sichtbar als die beiden provisorischen Zelte, die der Wind mittlerweile so mit Schnee und Eis bedeckt hatte, dass man sie übersah, wenn man auch nur wenige Meter entfernt war. Sicherlich konnte man sie nicht erkennen, flog man darüber hinweg.

Caratti ließ den Blick über die endlose, weiße Ebene des Packeises streichen. Nichts. Nur dieses kleine Eiland erhob sich aus dem Eis, die Insel, auf die sie sich nach dem Absturz der Italia gerettet hatten: Die weiße Insel.

Und dann war das Brummen wieder da. Langsam drehte Caratti sich um die eigene Achse, den Blick fest auf den Horizont gerichtet. Irgendwo dort hinten musste ein schwarzer Punkt erscheinen, langsam größer werden, zu einem Flugzeug.

Sie kamen von Osten direkt auf ihn zu. Caratti wartete, bis das Flugzeug groß genug war. Dann begann er, wie wild zu winken und auf dem Eis zu springen. Sie mussten ihn sehen! Diesmal durften sie nicht wieder vorbeifliegen!

Es war kein Flugzeug, das da in recht niedriger Höhe auf Caratti zukam, es war ein Flugboot. Deutlich waren der Bootsrumpf und die Doppeldeckertragflächen zu sehen. In der Mitte konnte er den Propeller erkennen. Ein weiterer war hinter den Flügeln.

Es flog über Caratti hinweg, wackelte deutlich und machte eine Kehre, um tiefer zu kommen und schließlich in sicherer Entfernung von der Insel auf dem Packeis zu landen.

Caratti hatte das Flugboot erreicht, als sich die Tür im Rumpf öffnete und ein dick vermummter Mann ausstieg. Er kam auf Caratti zu, reichte ihm die Hand und sagte in gebrochenem Englisch: »Guten Tag. Mein Name ist Roald Amundsen.«

Caratti fiel dem Fremden lachend um den Hals. »Caratti. Ich bin Attilio Caratti vom Luftschiff *Italia*.«

»Gut«, erwiderte Amundsen. »Wer hat es außer Ihnen geschafft?«

»Arduino und Alessandrini.« Carattis Stimme stolperte, als er die Namen aussprach. »Also Unterleutnant Ettore Arduino. Aber er ist vor ein paar Tagen aufgebrochen, um Hilfe zu holen. Und Alessandrini ist, glaube ich, gestorben … vor ein paar Tagen. Ich habe lange nichts mehr von ihm gehört.«

Amundsen zog die Augenbrauen hoch.

»Beim Absturz, als die Gondel abriss, hatte die Takelage Feuer gefangen. Alessandrini bekam schwere Verbrennungen.«

Amundsen hob die rechte Hand. »Ich werde ihn untersuchen. Gehen Sie schon einmal ins Flugboot. Dort wird man Ihnen helfen.« Dann machte er sich über das Packeis auf den Weg zu den provisorischen Zelten, ohne den Italiener eines weiteren Blickes zu würdigen.

Knapp eine Stunde später war das Flugboot wieder in der Luft. Amundsen hatte mit Hilfe eines Mitglieds der französischen Crew, der auf den Namen Gilbert Brazy hörte, Alessandrinis Leichnam und alles, was sie von den Sachen der

Italiener noch benutzen konnten, an Bord gebracht. »Man weiß nie«, hatte Amundsen gesagt. »Wir sind im Polarmeer.«

Caratti sah durch eines der kleinen Fenster nach draußen auf die Eisfläche, die unter ihnen vorbeihuschte. »Wohin fliegen wir?«

»Nach Spitzbergen«, erwiderte Amundsen emotionslos.

»Aber wir müssen doch die anderen suchen!«

»Welche anderen?«

»General Nobile. Alle, die in der Gondel waren, als die Italia absackte.«

Amundsen nickte, während er neben dem Piloten saß und hinausschaute. »Die Suchaktion ist in vollem Gange. Sie wird von Spitzbergen aus koordiniert. Wir werden uns beteiligen.«

»Mit der Windrichtung … da muss man sie doch finden!«

»Sicher. Nun, da wir wissen, wo der steuerlose Zeppelin ins Polarmeer gestürzt ist, sollte das gehen.«

»Dann müssen wir dahin. Wir müssen die anderen retten!«

»Das werden wir auch tun. Sobald wir die Tanks in Spitzbergen wieder gefüllt haben.« Immer noch schaute Amundsen aus dem Fenster auf das Polarmeer.

»Und wir müssen ...« Plötzlich brach Caratti ab und schwieg.

Es dauerte einen Moment, bis Roald Amundsen sich zu dem Italiener umdrehte. »Was müssen wir?«

»Dahin zurück! Wir müssen zurück ...«

»Wohin zurück?« Ein Unterton in Amundsens Stimme ließ die anderen aufhorchen. Die Stimme des Polarforschers zeigte mit einem Mal eine Spur von Interesse.

»Die Lincolnsee.« Caratti sprach jetzt leiser. »Als wir mit der Italia über die nördliche Lincolnsee trieben, haben wir unter der Oberfläche seltsame Schatten gesehen.«

Amundsen schwieg einen Moment. Dann sagte er nachdenklich: »Was meinte Nobile dazu?«

Bei der Erwähnung des Namens des Kommandanten der Italia zuckte Caratti merklich zusammen. Schließlich erwiderte er kleinlaut: »Nobile hat allen den Eid abgenommen, niemandem etwas davon zu erzählen. Schon gar nicht Ihnen, Amundsen.«

Amundsen sah wieder schweigend aus dem Fenster des Flugbootes. Für einen langen Augenblick herrschte Schweigen.

Dann meinte der Pilot: »Wenn ich den Kraftstoff aus dem Ersatztank vollständig in die beiden Tragflächentanks pumpe und wir den leeren Tank und vielleicht noch einiges anderes an Ballast abwerfen, könnten wir es schaffen.«

Ohne den Blick vom Packeis zu nehmen, erwiderte Amundsen: »Was schaffen, Leif?«

»Komm, Roald. Ich kenne dich. Ich weiß genau, was du denkst. Die Idee, dass da etwas unter der Eiskappe des Nordpols versteckt sein könnte, das du nicht kennst, lässt dich nicht in Ruhe.«

»Ich weiß nicht mehr, wie oft ich hier gewesen bin. Ich habe nie von so etwas gehört, geschweige es gesehen.«

»Bist du dir da sicher, Roald?«, hakte der Pilot mit einem schelmischen Unterton nach.

Doch Amundsen schaute nur reglos zum Fenster hinaus.

»Hast du dich entschieden?«, fragte Leif schließlich.

»Wie steht der Wind?«

»Günstig für den Rückflug. Dann kann ich etwas segeln.«

»Was muss raus?«

»Der Ersatztank, aber den kann ich von hier auslösen. Dann der Tote, alles, was wir sonst noch zugeladen haben, vielleicht noch die Schwimmer.«

»Die Schwimmer?«, warf Caratti entsetzt ein. »Dann werden wir kentern, wenn wir landen müssen.«

Leif lachte leise, während Amundsen erwiderte: »Die Schwimmer brauchen wir nur dann, wenn die Landung schwierig ist. Bei unruhiger See, zum Beispiel. Damit die Tragflächen im Wasser keinen Sog erzeugen können. Eine saubere Landung bekommt Leif auch ohne sie hin. Wenn der Wind günstig steht, sollte das kein Problem sein.« Dann wandte er sich an den Piloten. »Wirf den Tank ab. Ich übernehme die Schwimmer.«

Während Amundsen das notwendige Werkzeug zusammensuchte, betätigte Leif einen Hebel. Ein merklicher Ruck ging durch das Flugboot und nur wenige Sekundenbruchteile später konnte Caratti durch das Seitenfenster den sich schnell entfernenden Ersatztank sehen, der kurz darauf ins Meer stürzte.

Plötzlich strich ein eisiger Wind durch den Rumpf des Flugboots. Entsetzt verfolgte Caratti, wie Amundsen sich, nur durch ein Seil gesichert, durch die offene Kabinentür auf das Kabinendach schwang. Brazy, einer der Franzosen, folgte ihm kopfschüttelnd, ein paar Flüche ausstoßend. Sie konnten ihre Schritte durch das dünne

Metall hören, als die beiden vorsichtig über die untere Tragfäche stiegen und begannen, zeitgleich die beiden Schwimmer zu bearbeiten, bis diese nacheinander abbrachen und ins Meer fielen. Dann kamen sie zurück, kletterten in den Rumpf und schlossen die Kabinentür.

Während Amundsen sich wieder schweigend auf den Sitz des Co-Piloten setzte, wurde Brazy von einem Wortschwall seiner Landsleute empfangen, bei dem Caratti nur aufgrund des Tonfalls erkennen konnte, dass sie diese ganze Aktion für Irrsinn hielten – obwohl sie erst kurz vorher alles hinausgeworfen hatten, was sie für entbehrlich hielten.

Er schaute nach vorne und beobachtete Amundsen, der wieder auf die eisige Landschaft des Polarmeeres starrte. Die Sonne hatte bald den nördlichsten Punkt ihrer Laufbahn erreicht. Sie würde den Horizont nicht einmal berühren: Polarsommer.

Carattis Blick wanderte immer wieder vom Flugzeugkompass zur Windschutzscheibe des Flugbootes. Irgendwo da draußen, nicht allzu weit vor ihnen, musste sie sein, die eisfreie Fläche mit den Schatten unter dem Oberfläche. Die Stelle in der Lincolnsee, an der die Italia nicht hatte landen können, da kein fester Boden für die Spannseile vorhanden war. Der Ort, zu dem auch Nobile zurückkehren wollte, irgendwann, mit irgendeiner Mannschaft.

Sie flogen über die nördlichen Ausläufer Grönlands, wo das Festlandeis nahezu übergangslos vom Packeis des Polarmeeres abgelöst wurde. Aufmerksam betrachtete der Italiener die leuchtende Eisfläche. Amundsen schaute noch immer scheinbar desinteressiert zum Seitenfenster hinaus.

»Wie sieht es mit dem Sprit aus, Leif? Denkst du daran, dass wir für den Rückflug vielleicht doch mehr brauchen?« Amundsens Stimme war klar und unaufgeregt.

Ein Brummen vom Fahrersitz war die Antwort, ein Brummen, dass nicht geeignet war, Carattis Nerven zu beruhigen. Die Emotionslosigkeit der Norweger brachte den Italiener an den Rand der Verzweiflung. Wenn sie den Rückflug nicht schafften, weil ihnen unterwegs der Sprit ausging …

»Da!« Caratti war aufgesprungen und wies mit der rechten Hand nach vorne.

Einige Seemeilen vor ihnen konnten sie plötzlich einen senkrecht aufsteigenden Lichtstrahl sehen. Wann war er erschienen? Sein Anfang lag in einer eisfreien Fläche des Meeres, doch sein Ende verschwand irgendwo zwischen den Wolken. Warum war er ihnen bisher nicht aufgefallen?

Interessiert schaute Amundsen hinüber, dann zu Leif. »Wir fliegen bis dort, drehen eine Runde und kehren heim nach Spitzbergen«, entschied er.

Leif nickte.

»Reicht der Sprit?«, hakte Caratti nach.

Der Pilot nickte erneut.

Amundsen drehte sich um. »Brazy! Holen Sie Ihre Fotoausrüstung. Es gibt Arbeit für Sie!«

Im Heck des Flugbootes bewegte sich nichts. Schweigen.

»Was ist, Brazy?«, hakte Amundsen nach.

»Die Ausrüstung war zu schwer, mon capitain«, antwortete der Franzose leise.

Amundsen erwiderte nichts. Gebannt starrte er nach vorne auf den Lichtstrahl. »So oft ich am Nordpol war – so etwas habe ich noch nie gesehen. Was ist das?«

Kleine Blitze erschienen am Rand des Lichtstrahls, zuckten in die umgebende Luft hinein und verschwanden augenblicklich wieder.

Amundsen nickte. »Dort verbrennt Ozon.«

»Warum?« Caratti starrte verständnislos auf das Licht.

»Ozon verbrennt ab einer bestimmten Konzentration exotherm. Hat Nobile dazu nichts gesagt?«

Caratti schüttelte den Kopf. »Da war der Strahl nicht da. Da waren nur die Schatten im Wasser!«

»Es könnte sein, dass dieser Strahl eine Art der Energiegewinnung darstellt. Haben die Schatten sich bewegt?«

Caratti schüttelte den Kopf. »Brennt man so nicht ein Loch in die Ozonschicht?«

»Halt die Maschine vom Strahl weg!«, sagte Amundsen, als Leif das Flugboot in einem weiten Bogen um den Lichtstrahl steuerte. Der Rumpf neigte sich stark zur Seite, sodass Caratti durch Amundsens Seitenfester das offene Meer unter ihnen sah. Und dort waren sie wieder, die Schatten unter der Wasseroberfläche. Genau dort, wo der Lichtstrahl die Wellen der Lincolnsee durchdrang und kleine Dampfwölkchen aus dem Wasser aufsteigen ließ.

»Das sieht aus wie eine Stadt«, meinte Amundsen plötzlich, »eine Stadt unter dem Meer.«

»Jules Vernes' *Kapitän Nemo*«, sagte Brazy.

Amundsen schwieg.

Plötzlich ging ein Ruck durch den Rumpf.

Leif fluchte. Caratti konnte sehen, wie der Pilot krampfhaft am Steuer des Flugbootes zerrte.

»Eine Bö«, erklärte Amundsen. Seine Stimme war noch immer ausgesprochen ruhig. Doch die Knöchel an den Händen, die die Armlehnen seines Sitzes umklammerten, traten weiß hervor.

»Sie schmiert ab.« Leifs Stimme war verkrampft zwischen zwei Atemstößen zu vernehmen.

Caratti sah aus dem Seitenfenster. Unaufhaltsam kam die Meeresoberfläche näher.

»Ich kann sie nicht mehr halten!«

Die Schatten unter dem Meer waren immer deutlicher zu erkennen. Gebäude zeichneten sich ab, Türme, Bullaugen, Brücken. War da ein Licht hinter einem der Fenster? Caratti spürte, wie seine Brust sich langsam entspannte, als die Gebäude näher kamen. Es war ein erhebender Anblick, über diese unbekannten Häuser zu fliegen.

Das Zischen nahm Caratti gar nicht mehr wahr, als die untere Tragflächenspitze den Lichstrahl berührte, schmolz und immer mehr des Flugbootes in ihn hineinzog.

Man musste diese herrlichen Gebäude schützen, schoss es ihm durch den Kopf, als das metallene Flugboot langsam verdampfte. *Nobile hatte Recht mit seinem Eid.*

Wenige Tage später wurde nahe der Bäreninsel, ein Stück südlich von Spitzbergen, ein Schwimmer aus dem Polarmeer gefischt. Seither gelten Amundsen und seine Crew als dort verschollen. Am 23. Juli 1928 wurden die letzten Überlebenden des Luftschiffs *Italia* durch einen russischen Kreuzer gerettet.

Amundsens Flugboot wurde nie gefunden ...

*Vielen Dank an alle Autor*innen, dass Ihr mit uns in die Tiefen abgetaucht seid! Und danke, lieber Adrian, für Deine tollen Illustrationen!*